COLLECTION FICTIONS

Fort Sauvage de Claude Beausoleil
est le soixante-dix-neuvième titre de cette collection
dirigée par Suzanne Robert et Raymond Paul.

Pour Michel

Ce roman
de l'enfance
et de l'hiver
qui rêve

Claude Beausoleil

DU MÊME AUTEUR

Intrusion ralentie, Le Jour, 1972; *Les bracelets d'ombre,* Le Jour, 1973; *Avatars du trait,* L'Aurore, 1974; *Dead Line,* Danielle Laliberté, 1974; *Journal mobile,* Le Jour, 1974; *Motilité,* L'Aurore, 1975; *Ahuntsic Dream,* Les Herbes rouges, 1975; *Promenade Modern Style,* Cul Q, 1975; *Le sang froid du reptile,* Les Herbes rouges, 1975; *Sens interdit,* Cul Q, 1976; *Les marges du désir,* du Coin, 1977; *Le temps maya,* Cul Q, 1977; *La surface du paysage,* VLB, 1979; *Au milieu du corps l'attraction s'insinue,* Noroît, 1980; *Dans la matière rêvant comme d'une émeute,* Écrits des Forges, 1982; *Concrete City, Selected Poems 1972-1982,* édition bilingue français/anglais, Guernica, 1983; *D'autres sourires de stars,* Le Castor astral, 1983; *Une certaine fin de siècle,* t. I, Noroît 1983; *Le livre du voyage,* Lèvres urbaines, 1983; *Présences du réel,* Noroît, 1983; *Langue secrète,* La Nouvelle Barre du jour, 1984; *Les livres parlent,* Écrits des Forges, 1984; *S'inscrit sous le ciel en graphiques de feu,* Écrits des Forges, 1985; *Découverte des heures,* La Nouvelle Barre du jour, 1985; *Il y a des nuits que nous habitons tous,* Noroît/Le Castor astral, 1986; *Extase et déchirure,* Écrits des Forges/Table rase, 1987; *Travaux d'infini,* Noroît, 1988; *La poésie acadienne,* en collaboration avec Gérald LeBlanc, Écrits des Forges/Le Castor astral, 1988; *Ville concrète,* livre-audio, Artalect, 1988; *La poésie mexicaine,* Écrits des Forges/Le Castor astral, 1989; *Grand Hôtel des Étrangers,* Écrits des Forges/Europe Poésie, 1988; *Une certaine fin de siècle,* t. II, Noroît/Le Castor astral, 1991; *Loin du sommeil dans la question,* L'arbre à paroles, 1991; *Le dormeur,* Écrits des Forges, 1991; *Passions,* Isabelle Bongard, 1991; *Fureur de Mexico,* Écrits des Forges/Phi/Perce-neige, 1992; *Migrations,* du Versant Nord, 1992; *Montréal est une ville de poèmes vous savez,* l'Hexagone, 1992; *La poésie suisse romande,* Écrits des Forges/Le Castor astral, 1993; *Le déchiffrement du monde,* Les Herbes rouges, 1993; *L'usage du temps,* Les Herbes rouges, 1993; *La ville aux yeux d'hiver,* Écrits des Forges, 1993.

CLAUDE BEAUSOLEIL

Fort Sauvage

Roman

l'HEXAGONE

ÉDITIONS DE L'HEXAGONE
Une division du groupe Ville-Marie Littérature
1010, rue de la Gauchetière Est
Montréal, Québec H2L 2N5
Tél.: (514) 523-1182
Télécopieur: (514) 282-7530

Maquette de la couverture: Christiane Houle
En couverture: Paul-Émile Borduas, *Composition (53)*,
Huile sur toile, 1958. Coll. Musée d'Art contemporain
Mise en pages: Édiscript enr.

DISTRIBUTEURS EXCLUSIFS:

• Pour le Québec, le Canada et les États-Unis:
LES MESSAGERIES ADP*
955, rue Amherst, Montréal, Québec H2L 3K4
Tél.: (514) 523-1182
Télécopieur: (514) 939-0406
* Filiale de Sogides ltée

• Pour la Belgique et le Luxembourg:
PRESSES DE BELGIQUE S.A.
Boulevard de l'Europe, 117, B-1301 Wavre
Tél.: (10) 41-59-66
(10) 41-78-50
Télécopieur: (10) 41-20-24

• Pour la Suisse:
TRANSAT S.A.
Route des Jeunes, 4 Ter, C.P. 125, 1211 Genève 26
Tél.: (41-22) 342-77-40
Télécopieur: (41-22) 343-46-46

• Pour la France et les autres pays:
INTER FORUM
Immeuble ORSUD, 3-5, avenue Galliéni, 94251, Gentilly Cédex
Tél.: (1) 47.40.66.07
Télécopieur: (1) 47.40.63.66
Commandes: Tél.: (16) 38.32.71.00
Télécopieur: (16) 38.32.71.28
Télex: 780372

Dépôt légal — 3e trimestre 1994
Bibliothèque nationale du Québec
Bibliothèque nationale du Canada

Le fort n'est plus debout. Pourtant sur ses ruines,
Le voyageur prétend qu'à travers les bruines
Et les brouillards d'hiver, on voit encor souvent
Le vieux drapeau français qui flotte dans le vent!

LOUIS FRÉCHETTE,
La légende d'un peuple

CHAPITRE I

L'effort d'hiver

L'hiver s'annonce rude. Cadot s'affaire autour du fort, il découpe des bûches qui serviront, pendant les mois à venir, à lutter contre le froid toujours si vif dans la région. Il chantonne sans se soucier des égratignures que les branches de sapin laissent sur ses bras nus.

Le fort qu'il commande depuis deux ans déjà n'est pas d'une importance stratégique bien grande. Près de Sault-Sainte-Marie, d'autres forts jouent un rôle de premier plan dans le contrôle des allées et venues des troupes et dans celui du commerce des fourrures. Le fort Sauvage, car c'est son nom, est davantage un relais qu'un avant-poste guerrier. Jean-Baptiste Cadot et neuf autres hommes en composent toute la garnison. Aucune femme, ni civils ni enfants n'habitent l'établissement. Les hommes, solides et jeunes pour la plupart, sont là comme de passage, attendant de retourner vers leurs familles, à Montréal, à Québec ou aux Trois-Rivières.

Les premiers jours d'octobre laissent la nature hésitante entre l'opulence d'un été qui s'attarde et la venue des gelées et des froidures de l'hiver. Le paysage devient doré et rouge. Seuls les sapins conservent leur couleur sombre, hérissant leurs aiguilles vers le ciel.

Les hommes profitent des beaux jours du début d'octobre pour terminer les préparatifs de l'hiver. On coupe le bois, on entasse les provisions de viande et de poisson séchés. Alors que tout est encore facile, on s'aventure dans les boisés voisins à la recherche de fruits sauvages ou on guette le canard qu'un coup de mousquet bien aligné fera tomber lourdement sur le sol jauni. Calmement, Cadot participe à toutes ces activités. Certes, il est le commandant du groupe, mais il met tout son cœur à travailler autant que les autres à rendre le fort habitable pour l'hiver.

Parce que cet hiver, comme tous les hivers, sera l'occasion pour les hommes d'entrer en eux-mêmes et de se recueillir autour d'un feu où ils rêveront, muets. Parfois ils raconteront des histoires anciennes et ils évoqueront leurs familles laissées aux bords du Saint-Laurent. Ils se rappelleront avec gravité la venue de leurs parents en Nouvelle-France, de leur voyage de l'Europe vers ces terres nouvelles qu'ils ont appris à aimer malgré le dur climat qui sévit, laissant les êtres entre la survie et l'isolement pendant les très longs mois de l'hiver.

De tous, Cadot est peut-être le plus silencieux. Il écoute. Il aime que l'on parle devant lui d'exploits et de vie familiale, de randonnées aux déroulements épiques et d'aventures. Mais lui, solitaire et fermé, n'évoque jamais le passé. Cadot vit au présent. Il a pour ses compagnons beaucoup de compassion. Jamais il n'élève le ton pour donner un ordre. Avec fermeté mais aussi en douceur, il réussit à se faire apprécier de tous ces hommes affectés comme lui au fort Sauvage pour un temps indéterminé.

À l'écart du feu autour duquel les hommes se retrouvent à la fin de la journée, Cadot songe à ce qui reste à faire dans les prochains jours, pour que tout soit prêt pour l'hiver. Son regard englobe les figures de ses amis, rougies par les lueurs du feu jaillissant d'un âtre rudimentaire, seule construction de pierre au cœur du fort bâti de pieux bien pointus et de troncs d'arbres équarris à la hache.

Sur la palissade, au sommet d'une hampe de bois, flotte le drapeau français. Unique ornement dans ce décor naturel, il claque dans l'air sec. Ce drapeau, Cadot l'a reçu de ses chefs à Québec et il considère qu'il est essentiel que toujours on le voie des alentours. Aussi lui et ses hommes ont-ils construit pendant l'été qui vient de s'achever une petite tour permettant de surélever le drapeau au-dessus du mur où il flottait depuis deux ans. Maintenant, plus haut que le fort, plus haut même que la pointe des sapins qui imposent entre les érables et les hêtres leurs figures coniques, le drapeau étale librement ses couleurs à tout vent. Le jour, sa blancheur et ses dorures se détachent du ciel bleu clair. La nuit venue, il semble errer à la recherche des étoiles, ajoutant au vent le bruit de ses claquements.

Le fort est divisé en trois sections. Une aire, qui permet le déplacement des hommes et la circulation quotidienne de l'équipement, est entourée de bâtiments de bois rond dont l'un sert de dortoir aux neuf camarades de Cadot. L'autre construction sert d'espace de rangement et de salle à manger; les hommes s'y retrouvent pour les repas pris sommairement autour d'une table basse et sombre comme la cheminée qui, malgré un entretien journalier, tire péniblement la fumée vers le ciel. Finalement, un peu en retrait de cette salle commune, un troisième bâtiment constitue ce que tous nomment le logis de Cadot. Dénué de toute fioriture, ce logis comprend un grabat posé sur du foin et une petite table transportée de Québec ayant appartenu à la mère de Cadot, seul vestige d'un certain raffinement. C'est sur cette table que Cadot se penche à la lueur d'une flamme hésitante et note, dans un épais cahier à reliure noir et bleu, les détails du déroulement de sa mission au fort Sauvage.

Rapidement cet exercice quotidien est devenu un rituel auquel, sous aucun prétexte, Cadot ne saurait se soustraire. Jean-Baptiste Cadot est secrètement fier de cette éducation qu'il doit à sa mère, institutrice à Québec dans les années 1720. Elle meurt très jeune, s'étant trop surmenée et dévouée aux plus démunis, surtout après la disparition du père de Cadot lors d'une expédition armée. Peu de temps après, le jeune homme décide de se faire soldat et se joint à la milice coloniale, par goût de l'aventure, comme son père qu'il a si peu connu. Le travail de la terre ne l'attire pas, la chasse et la traite des fourrures encore moins. Ces activités ne sont pas dans son tempérament, plus porté qu'il est aux rêveries et à la réflexion.

Sans être savant, Cadot sait écrire et lire, ce qui le distingue de ses camarades soldats, tous analphabètes sauf un qui dit savoir lire sans pour autant en donner la preuve. Cadot se sent différent à cause de ce qu'il perçoit comme un don de Dieu et une sorte de territoire privé où il peut se retrouver seul avec les mots et les idées. Il garde près de son livre de bord une lettre de sa mère à des parents de France. Cette lettre, sa mère l'avait écrite quelque temps avant sa mort, et Cadot alors adolescent, devine qu'il doit la conserver plutôt que de la laisser partir vers la France sur des bateaux peu sûrs. Il la relit souvent cette lettre de sa mère à une cousine mariée à un marchand du Havre. Il la sait presque par cœur. Il connaît les courbes de cette écriture penchée, ses traits raffinés comme ceux d'un dessin devant lequel il faut faire un effort pour déchiffrer le code afin qu'il livre sa beauté singulière. Sa mère y relate simplement la vie quotidienne dans cette France dite nouvelle. Elle parle, avec respect, de la colonie, du climat dont elle décrit les excès, des gens aussi. Elle ajoute quelques mots sur les conditions de son enseignement à Québec et finit par des remarques sur le jeune Jean-Baptiste, sa consolation comme elle le nomme, et sur son mari mort trop tôt. Pour Cadot, ces mots simples représentent tout le réel et expriment une vision du monde qui le touche profondément même après toutes ces années. Il saisit l'image de sa propre existence à travers les mots de sa mère traçant le paysage de leur vie en Nouvelle-France. Ici, pas de détours, seulement des faits précis, des actes de vie.

La mère de Cadot enseigne à de jeunes enfants de colons et a même aidé à l'établissement d'une modeste école. La vie, selon elle, est alors à prendre au jour le jour. Des menaces militaires pèsent sur la colonie et les enjeux, pas toujours compris par les colons, alourdissent considérablement les rapports avec les administrateurs de la colonie. Une certaine anarchie s'ensuit, plusieurs hommes préférant l'aventure à un ordre de plus en plus vacillant, n'exigeant rien de moins qu'une soumission aveugle à des lois venues d'une métropole de plus en plus éloignée de l'esprit et du cœur des colons.

Le climat rude, surtout pour ce qui est du long hiver, la pénurie de vivres parfois à cause justement de ce climat qui rend difficile la gestion de l'économie, à cause aussi de l'arrivée immanquablement différée des bateaux apportant d'Europe des produits comme le café, les armes, la vaisselle et des étoffes que la colonie ne produit pas elle-même, cela la mère de Cadot ne s'en plaint pas à sa cousine. Par pudeur ou par noblesse, elle dit plutôt la beauté des lieux, le fleuve large et bleu, l'air si pur en hiver que l'on croit qu'il naît de la brillance des glaces, les forêts infinies, les animaux qui semblent plus anciens que le paysage, l'entraide aussi entre les nouveaux colons conscients peut-être de la même aventure qui les unit. Elle dit comment sa vie, malgré les difficultés nombreuses, entre autres depuis le décès de son mari, vie que Cadot peut reconstruire de mémoire à travers les lignes, est faite d'amour pour les gens de son entourage. La mère de Cadot est très croyante et voit Dieu dans tous les faits de la destinée.

Cette lettre écrite serrée, à l'encre grise, Cadot la connaît mieux que sa propre vie. Souvent, avant de consigner dans son grand cahier les faits du jour, il la déplie avec minutie et la parcourt comme si c'était la première fois. Les mots simples de sa mère sont porteurs des siens. Il écrit alors quelques phrases ou des bribes donnant des renseignements sur ce qui s'est passé pendant la journée ou les dernières semaines; des phrases brèves, issues des petits riens, signes tangibles du déroulement des choses.

Les autres hommes ont fini par respecter cette distance que Cadot met entre lui et eux. Ils devinent que leur chef est un rêveur, un solitaire. Ainsi, silencieusement, tôt après le frugal repas pris à la tombée du jour, Cadot se retire dans la petite pièce qui lui tient lieu de chambre pour se livrer à sa méditation. Les autres hommes bavardent un peu entre eux. Bientôt, ils succomberont à la fatigue que les travaux du jour ont laissée sur leurs paupières et dans leur corps. Ces braves ne se connaissaient pas avant leur venue au fort Sauvage, et les propos elliptiques qu'ils tiennent, pour eux-mêmes autant que pour leurs camarades, évoquent soit une personne chère, soit un combat contre les Anglais ou contre des tribus d'Indiens hostiles à l'implantation des colons français sur leurs terres ancestrales. À tour de rôle, les hommes parlent, ou plutôt murmurent quelques mots sur leurs femmes et enfants, ou sur une soirée de liesse vécue jadis dans les cabarets de Montréal, toujours ouverts aux débordements des soldats et des aventuriers qui, au hasard de leurs dérives ou de leurs affectations, sont de passage dans l'île. À ces évocations, des rires fusent, de connivence ou de moquerie. Chaque homme sait de quoi il retourne et peut, en écoutant ces récits, juger de leur véracité. Ils décèlent, amusés, ce qui est inventé pour rendre plus attrayante la narration de ces soirées d'ébriété les conduisant à Montréal vers la rue Notre-Dame et ses auberges. Ils savent distinguer la réalité de la fabulation.

Cadot ne participe pas à ces échanges. Sans les désapprouver, car il sent bien le plaisir que les hommes y prennent; y puisant le courage de poursuivre une vie quotidienne soumise à une grande austérité, il reste fermé face au rappel du passé récent. C'est comme si pour Cadot, la vie tenait entre la lettre de sa mère, remplie d'émotions et de leçons de choses, et la fondation du fort Sauvage. En fait, la vie de Cadot est une énigme pour ses hommes. Ils ne connaissent de lui que de rares détails sur son enfance à Québec à la fin des années 1720 et savent qu'il a été nommé par l'intendant de la colonie, pour commander ce fort situé près des Grands Lacs, où ils vivent tous depuis deux ans déjà. Pour le reste, Cadot demeure un inconnu. Ces hommes, de toute manière discrets, jamais ne cherchent à percer le silence du commandant. C'est dans le plus total des respects qu'ils laissent Cadot se retirer presque invariablement sitôt la dernière bouchée de gibier ou de poisson avalée.

Quittant la pièce qui sert à la fois de salle de garde et de salle à manger, Cadot fait le tour des bâtiments. Il arpente d'un pas lent la cour centrale et monte immanquablement sur la passerelle qui court le long des remparts de bois. Il se dirige vers la petite tour construite l'été dernier et lève les yeux vers le drapeau qui flotte dans le noir du ciel où se découpent des étoiles immobiles. Cadot reste là à contempler cette scène. Le drapeau agite une surface blanche sur laquelle sont dessinées des fleurs de lys dorées. Il semble répondre à l'appel, imprégné de l'immensité du mystère du ciel, lancé des étoiles lointaines, pardessus la forêt et les hommes. Cadot ne bouge pas. La main appuyée sur l'échelle dressée vers la tour, il fixe le spectacle de cette hampe au sommet de laquelle l'étoffe devenue lunaire dit au vent son histoire d'attente et de guet, de noblesse et d'endurance. Le drapeau rappelle à Cadot son engagement à défendre ce fort et le territoire qu'il contrôle. Lui reviennent des images de sa mère secouant le linge blanc par des jours de vent froid, de bateaux arborant le même étendard déployé comme pour une fête dans le port de Québec où il traînait son enfance en rêvant d'autres horizons sur lesquels les drapeaux déployaient leurs ailes blanches mouchetées d'or.

Tous les soirs Cadot fait cette halte devant le drapeau puis pose sont regard sur la ligne noire qui encercle le fort enfoncé dans la nuit alors que des bruissements irréguliers veillent sur la nature et le ciel. Cadot revient vers sa cabane sise un peu en retrait de la salle commune d'où ne provient plus aucun éclat de voix. Les hommes, épuisés par les travaux du jour, se sont déjà repliés vers leurs lits de paille. Cadot s'assoit sur un tabouret bas, près de la petite table où l'attend le livre de bord. Il n'écrit pas toujours quelque chose dans ce livre, car au fort Sauvage, les événements majeurs sont rares, et la plupart des journées se passent à ramasser du bois, à faire le guet et à préparer le repas sur un feu à l'extérieur l'été, à l'intérieur les autres saisons. Mais Cadot, toujours, ouvre son livre et touche le papier. L'air songeur, il est entièrement plongé dans des pensées d'où rien ni personne ne peut l'extirper.

Cette nuit, Cadot met du temps à s'endormir. Les préparatifs pour l'hiver l'ont surexcité et un sombre pressentiment le tient éveillé, quelque chose venu de la forêt, de son mystère enseveli dans la nuit, quelque chose qu'il devine depuis des jours lorsqu'il monte sur les remparts et regarde le drapeau se tordre dans ses plis, secoué par le vent d'automne.

Il se tourne et se retourne dans son lit étroit. Il est agité de rêves. Le réel bascule. Des ombres dansent dans les rayons de lune mêlés aux cris d'oiseaux qui prennent d'assaut l'insomnie du commandant. D'un bond il se lève, se dirige en titubant vers la table. Il ouvre le grand livre. Nerveux, les bras ballants, incapable de rien, il se recouche, attendant le sommeil qui ne vient qu'à l'aube après tous ces gestes absurdes esquissés dans le miroir de la nuit. Au matin, toujours secret, Cadot ne parle surtout pas aux autres hommes de sa nuit mouvementée, harcelante comme une tornade de vide qui l'aspirait et le rejetait d'un même élan étrange. Les hommes peuvent deviner à ses mouvements ralentis et à son air absent que leur commandant est préoccupé.

Le jour se passe bien. Les gestes prennent un peu mécaniquement leur place dans le temps quotidien. Vers midi, il est remarquable de voir que la force du vent augmente et dénude la forêt avec une nouvelle férocité. L'or et le rouge sanglant des feuillages laissent place à de grands bras gris qui s'élèvent, tordus, près des conifères demeurés droits, obstinément verts.

Dans ces contrées, tout peut changer en quelques jours. Un matin, toutes les feuilles sont tombées, balayées par un vent froid et tournoyant. La neige un jour prochain découpera l'horizon d'un masque blanc impénétrable, annulant les infractuosités du terrain pour envelopper d'une lourde chape laiteuse les moindres détails du paysage transformé en vision de glace.

Chaque année on veut l'oublier, mais chaque année tout recommence. La terre comme la vie entre dans un engourdissement, sorte de lutte rusée pour survivre entre le blanc persistant des choses et le bleu craquant du ciel. Il faut donc de toute urgence consentir un dernier effort pour régler les entreposages de provisions, mettre d'autres poissons à sécher en vue du long hiver qui se pointera sournoisement. Même si on connaît approximativement la date de son arrivée, une surprise est toujours à redouter. Cet automne, la chasse a été bonne. Des carcasses d'orignaux dépecés gisent au centre de la cour du fort Sauvage. Cadot compte dans sa petite troupe des hommes qui connaissent bien la forêt et le lac, qualité nécessaire à l'organisation de la vie du groupe. En ces zones boréales, il ne suffit pas d'être bon soldat pour survivre, car l'ennemi n'est pas toujours de chair et d'os.

Le territoire autour du fort est déboisé, ce qui permet d'installer une distance entre la forêt dense et sombre et ce centre de vie humaine où dix hommes mettent ensemble leurs forces et leur entêtement. Mélancoliques, ils songent par moments à leur autre vie, celle d'avant, mais tentent d'être de bons soldats du roi.

Ils sont tous nés en Nouvelle-France et ce qu'ils savent de la France, la mère patrie, leur a été raconté. Ce pays d'origine se fait de plus en plus lointain, comme une mémoire enfouie dans des histoires que le temps et la vie sur ce sol d'Amérique rendent de plus en plus légendaires. Un océan sépare ces deux Frances, la vieille et la nouvelle. Il y a en eux le désir puissant et sourd d'appartenir à ce nouveau monde qui les fascine. La beauté virginale des paysages immenses et libres, les forces naturelles, tout cela est en eux maintenant que les hivers et les étés ont traversé leurs corps, que leurs familles, à force d'endurance, ont fini par triompher de ce qui semblait être l'impossible. Ils aiment ces lieux. Inconsciemment, ils s'y retrouvent, rêveurs d'espaces, de nouveautés et de défis. Leur mélancolie vient peut-être de l'éloignement de cette France pour laquelle ils se battent mais qui, avec les années, est devenue de plus en plus immatérielle. Ils savent que leur garnison de miliciens appartient au réseau de l'armée française; pourtant, ce qu'ils ont l'impression profonde de défendre, c'est ce sol de la Nouvelle-France avec ses odeurs d'hiver blanc, ses fourrures échangées aux Indiens, ses pistes qui se perdent au-delà des forêts et des lacs innombrables. Ces hommes se sont faits soldats souvent pour partir à l'aventure à travers la colonie jusqu'aux Grands Lacs, vers l'Atlantique, en Acadie, cette autre colonie de la France, vers le Mississippi, au sud dans des régions où tout est à commencer. Soldats, ils peuvent voir du pays comme ils disent entre eux.

Malgré les maigres soldes, ils savent pouvoir s'en tirer. Surtout, ils espèrent trouver l'inconnu au hasard de leurs déplacements. Ils cherchent une liberté que la vie à la ville ou sur un lopin de terre ne leur permet pas de connaître. Tous sont des solitaires, des hommes de silence. Leur rire, cet après-midi, autour de provisions rassemblées pêle-mêle au centre du fort, a quelque chose de rassurant, comme si la vie profitait de cet instant pour s'exprimer en toute quiétude. Ces hommes ne mettent nullement en question la mission qui leur a été confiée de défendre les positions françaises à cette frontière flottante englobant la limite des Grands Lacs et où se jouent les tensions entre colons américains, trappeurs, populations indiennes et armée anglaise. Fort Sauvage, certes, n'est pas d'une importance capitale mais fait partie d'une constellation de relais qui, avec d'autres installations construites depuis une quarantaine d'années, assurent la présence de la bannière fleurdelisée indiquant les limites d'un territoire colonial français qui déborde sans cesse vers l'ouest ou le sud.

Les autorités militaires de la colonie tentent de baliser tant bien que mal ce territoire extrêmement mobile, afin de donner l'image d'une certaine consistance à leurs rêves expansionnistes. Ces rêves, des explorateurs français les portent parfois plus avant que ne le désirent certains dirigeants, davantage intéressés à faire fructifier les acquis territoriaux qu'à poursuivre la conquête d'un territoire qu'on dirait quasi infini.

Cadot n'a été en poste qu'à Québec avant d'être assigné à fort Sauvage. C'est un soldat appliqué dans l'accomplissement de ses tâches, mais il ne se distingue pas outre mesure dans les initiatives de guerre. Il est apprécié pour ses idées et ses réflexions dont la pertinence vient en grande partie de son éducation. Ne l'oublions pas, Cadot sait lire et écrire, fait rare dans l'armée de la colonie. La mère de Cadot a pris soin d'élever son fils selon une éthique sévère. Aussi le jeune milicien Cadot tient d'elle un rare sens du devoir et surtout du dévouement. Sans compter, sa mère s'est dépensée dans l'éducation des enfants dont les parents souvent ne savaient ni lire ni écrire. Elle avait pris sous sa tutelle quelques jeunes Indiens à qui elle enseignait la lecture et les principes d'une élévation religieuse. Pour cette femme, le sentiment chrétien était indissociable de l'éducation. Elle donnait avec charité tout son temps à ce travail et, avec foi, elle a inculqué ses croyances à son unique fils, Jean-Baptiste.

Dans sa petite enfance, Cadot est profondément marqué par la générosité débordante mais discrète de sa mère. Cela l'ouvre tôt à un respect de l'autre et à une conscience de ce qui est nécessaire de faire dans cette colonie pour que des valeurs hautes et chrétiennes se perpétuent et deviennent, sur ce nouveau sol, un projet de vie exemplaire.

Avare de mots, quand Cadot prend la parole à la garnison de Québec, il n'aborde pratiquement que ce seul sujet: qu'est-ce qui doit être fait pour assurer l'épanouissement de la population de cette Nouvelle-France en train de se créer? Ses rares interventions le font remarquer par ses chefs qui voient en lui quelqu'un ayant un sens civique au-dessus de la moyenne. C'est avec enthousiasme, et avec ces idées bien en tête, que Jean-Baptiste Cadot reçoit la nouvelle de son affectation au fort Sauvage.

On est alors en 1759 et l'agitation est grande dans la colonie. La Nouvelle-France traverse une crise grave. Elle est déstabilisée. Des combats de plus en plus ravageurs l'opposent aux Anglais qui veulent s'approprier le territoire. Elle affronte des peuplades indiennes que des tractations mercantiles ont rendues hostiles aux plans d'installation des colons français qui n'ont pas toujours su bien comprendre les besoins et les aspirations de ces premiers occupants. Surtout, la Nouvelle-France n'est pas toujours soutenue dans ses projets de développement par le pouvoir central lequel, de Versailles, reste sourd aux élans neufs de cette lointaine colonie. Entre les hivers, les combats et les incompréhensions, la Nouvelle-France dérive, affaiblie et incertaine, dans les méandres de son rêve continental qui risque de tourner au cauchemar.

La métropole hésite à reconnaître l'intérêt et le bien-fondé d'investissements d'argent et d'énergie dans le développement de cette colonie. Vue de Paris, elle semble être plus un mirage de glace qu'une source de revenus substantiels. La France s'est engagée dans une lutte féroce contre l'Angleterre, y jouant à la fois sa réputation navale et ses territoires d'outremer. En Nouvelle-France, on ne se doute pas que tout peut changer, que la France et même l'Angleterre sont en train de décider du destin de la colonie qui, depuis le début du XVIIe siècle, s'emploie à développer les ressources d'un immense territoire longeant le fleuve Saint-Laurent et plongeant vers tous les horizons que chaque explorateur repousse toujours plus avant.

La population de la Nouvelle-France est peu sensible à tous ces combats dont les enjeux politiques ne touchent pas la vie quotidienne des cultivateurs ou des trappeurs plus enclins qu'ils sont à voir dans le commerce des fourrures une activité lucrative bien éloignée des questions de stratégie qui peuvent être discutées en Europe ou même à Québec dans les résidences de l'intendant ou du gouverneur. En effet, les dirigeants en poste dans la colonie devinent que les choses se corsent et que l'avenir de la France en tant que colonisateur de ces territoires d'Amérique est chancelant. Le sort fait en 1755 à l'autre colonie française, l'Acadie, est encore trop brûlant dans les mémoires pour en tirer des conséquences. Il est clair cependant que la phase d'expansionnisme est désormais terminée et qu'un danger de régression est imminent. Certes la France est bel et bien implantée sur les rives du Saint-Laurent mais, avec l'épreuve qui s'annonce, on ne peut assurer que l'issue sera positive. Pourtant, chez le gouverneur, le vin et les discussions ont un pétillant qui n'augure pas nécessairement quelque chose de sombre. Mais de cela aussi le peuple se tient loin, vivant au jour le jour les conditions nouvelles d'un territoire qu'il tente d'apprivoiser. Cadot ne parle jamais de ces choses, mais son esprit est naturellement entraîné à réfléchir à ces graves questions.

CHAPITRE II

Les mots de l'enfance

Ce matin l'air est vif. Le soleil joue sur les pieux qui montent la garde autour des dix hommes envoyés au fort Sauvage pour consolider et préserver la présence française. La forêt s'est éclaircie. Droits, les pins sont comme les pieux du fort que frappe à leur pointe un soleil lourd et doré. Le vent transforme les feuilles qui jonchent le sol en une spirale sifflante. «Il n'y a pas de doute, dit un des hommes, l'hiver approche.» Ce sentiment d'attente et d'appréhension qui les anime tous n'est pas illusoire. Le dernier hiver a été bien difficile, les hommes se souviennent de ces jours semblables aux nuits où, enfouis dans une blancheur presque opaque, ils vacillaient au bord d'un découragement dont ils n'osaient parler mais que leurs regards et leurs silences, justement, trahissaient.

Il faut dire que le fort, situé à l'écart des routes qui mènent directement des Grands Lacs au fleuve Saint-Laurent, n'a reçu au cours du dernier hiver que la visite de deux trappeurs français s'étant éloignés de leur piste initiale et de quelques Indiens, ni amis ni ennemis qui, de loin, avaient observé l'étrange construction de bois rond avant de poursuivre à travers la blancheur de l'hiver leur destinée de nomades. La

mission de ces hommes coupés du monde se perd
dans tous les vents nordiques dont les rafales rassem-
blent les plaintes montant de l'âme glacée du territoire.

En ces régions la vie est dure et certaines nuits de
grand vent et de froid extrême, les hommes s'en souviennent sans jamais y faire allusion, Cadot sort de sa
retraite et, malgré les poussées hargneuses du vent,
grimpe sur les remparts à même les barreaux glacés de
l'échelle, puis va se poster bien droit près de l'endroit
où est hissé le drapeau. Dans la rafale, il se confond
avec les envols de poudrerie tourbillonnant en tout
sens.

Les hommes ces soirs-là ne dorment pas. La tempête les tient éveillés par ses crissements fouettant les
baraquements du fort avec une telle violence qu'on
croit que tout peut être emporté, pulvérisé dans cette
sarabande blanche entraînant dans son mouvement
tout ce qui lui résiste. Ils voient Cadot qui, dressé
comme un pin sur les remparts, fixe l'horizon les bras
levés au ciel. Sa silhouette forme dans ces nuits d'hiver
un V fragile exposé aux quatre vents, mais prêt à résister à tous ces ébranlements. Il reste dressé ainsi pendant un temps qui paraît interminable. De l'intérieur,
des hommes observent la scène. Ils se demandent
même si leur commandant n'a pas, par excès de froid
dans cette solitude extrême qu'ils devinent en lui, un
peu perdu le sens du réel. Cadot ne bouge pas. Près
du drapeau piquant le ciel au cœur de ses rafales,
l'homme, jambes et bras écartés, offre tout son corps
au vent qui l'encercle.

On ne peut savoir ce qui, en Cadot, déclenche le
retour vers sa cabane à peine chauffée par des bûches
mourantes. L'âtre de la cheminée règne au centre
d'une pièce noircie par la fumée refoulée vers l'intérieur. La pression du vent s'acharne sur ces braises entretenues de peine et de misère.

Au lendemain de ces nuits, Cadot ne se rend pas à la salle commune. Les hommes s'interrogent sur l'état de santé du commandant sans que personne n'ose aller vers sa demeure. Un respect, une crainte entourent les rares paroles échangées. On ne sait pas. On attend. On observe ce qui peut venir de l'extérieur, du froid cru du matin. On voit la fumée s'élever à la verticale maintenant que la tempête a cessé. Elle lance au-delà du toit un trait blanc régulier. Cela suffit aux hommes pour croire leur chef hors de danger.

Les hommes de fort Sauvage restent souvent immobiles, songeant que l'hiver les engloutira tous, ou dans son froid qui frappe sans merci ou dans un délire qu'ils n'osent nommer mais devinent en silence quand ils se retrouvent seuls, penchés sur les amas de paille, de peaux de castor ou de loutre qui les préservent illusoirement croient-ils, du pire.

Quand Cadot finit par réintégrer la salle commune, il est plus loquace qu'à l'ordinaire. Devant ses hommes, il fait le bilan des installations pour l'hiver. Il les complimente sur le travail accompli. Les déclarations inattendues du chef encouragent tout le monde. Ils constatent que rien ne manquera au cours de cet hiver incontournable. Tout a été prévu pour et contre le froid. La viande séchée est entassée près de la cheminée. Le bois atteint les plafonds tout autour des pièces et sous les remparts qui encerclent la cour intérieure. On fait un dernière sortie en forêt afin de lever les collets qui donneront pour les jours à venir de la viande fraîche à griller. Cadot est de nouveau parmi eux et rien ne laisse voir son trouble de la nuit précédente. Il est vaillant et prend part à toutes les activités du jour.

Le soir tombé, Cadot se retire dans sa pièce et allume la lampe rudimentaire. Les lieux glissent dans une lueur rougeâtre qui tranche sur le noir opaque de la nuit. Le grand cahier est ouvert sur la table qu'il

recouvre presque entièrement. Cadot veut écrire que
tout est prêt pour l'hiver. Sa main hésite. L'habitude
d'écrire s'est un peu perdue depuis Québec. Là-bas, il
écrivait presque chaque jour son journal. Tous les ans,
il envoyait un courrier vers la France à des parents de
sa mère avec qui, même de si loin, il avait gardé un
lien. L'habitude d'écrire peut facilement devenir un
souvenir et le contexte de fort Sauvage ne porte pas
aux épanchements lyriques. Le froid, la blancheur in-
terdite de l'hiver, tout ça prive les mots de leurs élans
et laisse plutôt le silence dominer le temps et ceux qui
y tournent leurs rêves en tous sens. Sans s'en douter,
Cadot s'est éloigné de ce qui, à Québec, lui était tout à
fait naturel. Les mots, disant au jour le jour le passage
entre lui et le réel, l'ont peu à peu abandonné au vertige de l'hiver et de la solitude.

Cadot tient dans sa main droite la plume qu'il a
soigneusement dégagée du linge poreux dans lequel il
l'a lui-même enroulée lors de la dernière utilisation,
afin de n'en pas émousser la pointe. N'ayant pas de solution de rechange si l'instrument finissait par trop se
détériorer, Cadot use de prudence comme s'il mani-
pulait un objet d'une extrême rareté. Depuis son enfance, Cadot est respectueusement touché par tout ce
qui est écrit. Tout jeune, sa mère le trouvait souvent
griffonnant des lettres imitées d'une couverture de livre ou d'un texte laissé sur l'armoire où étaient rangés
quelques rares ouvrages venus de France et un missel
en latin dont l'enfant prenait grand soin de repro-
duire les lettrines et les caractères fins.

L'encrier est débouché. Cadot ne trempe pas tout
de suite la plume dans le goulot ébréché de cet encrier qui lui vient justement de sa mère. Il le revoit
près des documents dont sa mère se servait pour enseigner la lecture. Il reste là, songeur, suspendu entre
le rouge des flammes envahissant la pièce basse et la
page du cahier où rien n'est encore inscrit. Le vide,

dans le silence de cet hiver qui vient, contient tous les autres moments semblables se répétant, confondus, depuis des années. Les heures d'avant, le froid intense, les mots qui manquent, tout ça en Cadot se résume dans ce rien qui ne s'inscrit pas mais qui brille presque à travers les flammes violacées. Dans cette pièce, le cérémonial de l'écriture est joué avec la lourdeur incroyable de ce qui est empêché et, par cela même, omniprésent.

Comment dire en peu de mots l'agitation régnant depuis quelque temps à fort Sauvage, donner du sens aux manœuvres banales qui consistent à faire des provisions, à consolider les fortifications et à régler avec soin des détails pour attendre l'hiver d'un pied ferme? Qu'y a-t-il d'essentiel dans ce va-et-vient des gestes simples? Les voix, les regards, le vent qui se fait de plus en plus glacial, les feuillages écroulés en crevasses de couleurs aux variantes infinies, le paysage en attente du grand froid nocturne et blanc expriment tout cela avec force.

Cadot rêvasse. Il est à Québec, enfant. Après bien des supR̃liques il accompagne enfin sa mère à une classe de lecture. Il est plus jeune que les élèves, des fils et filles d'officiers ou de marchands prospères. Ils sont là pour apprendre les rudiments du français, mais aussi pour apprendre à compter et à lire. Jean-Baptiste est heureux de pouvoir passer la journée avec sa mère. Il l'écoute parler de règles et de mots. Les élèves, peu nombreux, reprennent des phrases en chœur. Il fait comme eux. Il observe, répète. Les mots le fascinent. Sa mère parle de la langue comme d'une belle chose. Elle dit qu'il faut l'aimer, l'apprivoiser avec bienveillance et patience. Cadot éprouve un désir d'apprendre ces mots et ces règles qui semblent être la clef de la beauté dont sa mère parle avec tant d'émotion. Le sens, l'emploi des termes justes. Il est pris par le désir d'en savoir plus. Quand il s'aperçoit que sa mère inscrit des chiffres sur une petite ardoise, il poursuit sa rêverie du côté des lettres et des mots dont elle parlait avant d'aborder une autre matière qui l'intéresse moins. Il s'applique à épeler les mots dans sa tête, se répétant intérieurement la scène pendant laquelle, avec les autres élèves, il scandait les syllabes à voix haute.

L'enfant entend sa mère épeler le mot *France*, puis le mot *Nouvelle-France*. Sa mère poursuit: la France est le pays d'où ils viennent, la Nouvelle-France est leur nouveau pays. Désormais ils sont d'ici, de la Nouvelle-France, leurs enfants plus tard seront originaires d'ici. France, Nouvelle-France, les mots tournent et reviennent: France, Nouvelle-France. Les enfants ont les yeux grands ouverts. Sa mère répète et épelle les deux mots que la plupart entendent aussi clairement pour la première fois: FRANCE, NOUVELLE-FRANCE. Ce jour-là, le jeune Jean-Baptiste Cadot découvre émerveillé qu'il est de quelque part, qu'il vit en un lieu qui a un nom que l'on peut épeler et expliquer. La neige, le froid, le fleuve bleu cru, les bruissements de la forêt toujours si proche, tout cela a un nom que Jean-Baptiste peut répéter. Tout cela est donc un lieu existant en dehors de l'innommable, de ce qui doit être fait chaque jour pour survivre.

L'enfant devient silencieux. Il a appris qu'il vit en Nouvelle-France. Cela, sa mère ne le lui avait jamais dit à la maison. Le vent, les carreaux givrés, les attentes au coucher précipité du soleil sur la glace qui recouvre les pentes du cap Diamant, les bateaux qui arrivent ou n'arrivent jamais, tout cela se passe en Nouvelle-France.

Une oscillation plus brusque de la flamme de la lampe à huile ramène Cadot au présent, à fort Sauvage. Son visage est impassible. Il replace le globe de verre pas tout à fait ajusté au socle de la lampe et se décide enfin à tremper consciencieusement sa plume dans l'encrier sombre. Le coude droit bien appuyé sur les grandes pages du cahier débordant la table où il est posé, Cadot écrit le mot «Nouvelle-France», puis s'arrête. Après avoir retrempé la plume dans l'encrier, il ajoute avec application, tout en remuant les lèvres: «Octobre 1761. Les préparatifs pour l'hiver au fort Sauvage ont été exécutés selon les ordres du gouverneur de la colonie du grand Roy Louis le XVe du nom.»

CHAPITRE III

La ligne de feu

Depuis hier tout est blanc, intensément blanc. La neige, avec son pouvoir de changer radicalement la physionomie des choses, enveloppe le paysage dans une épaisse couche noyant tout dans cette blancheur indescriptible. La tempête a duré des heures et des heures. La nuit est venue contraster avec cette blancheur persistante et lunaire qui continue d'englober la nature dans sa lumière. La tempête a maintenu son rythme bien après que le sommeil eut emporté ailleurs les habitants du fort Sauvage.

Seul Cadot tente de tenir le coup. Jusqu'à tard le soir, il évalue les conséquences de cette première tempête de l'hiver. La neige amoncelée autour du fort arrondit les angles des constructions de bois, découpe d'une nouvelle harmonie le paysage de la forêt. Le temps s'arrête au-dessus des objets métamorphosés. Le blanc en épouse les contours et les rend imprécis. Tout repose. Ce qui hier tranchait dans le décor est ce soir un ensemble aux reflets bleutés. L'image est unifiée. Les espaces se lient sous un ciel plus bas. Des monticules surgis de nulle part forment le nouveau territoire. Les objets qu'ont laissés les hommes au centre du fort sont ensevelis ou grandis par cette bordée imposante qui s'est abattue quand le ciel grisâtre a crevé, laissant les flocons lourds descendre vers le sol qu'ils nivellent rapidement dans leur envol inextricable. Le vent froid disperse les flocons transformés en fine poudre de glace. Rafales et tourbillons s'enroulent autour du fort en une spirale qui force la neige, par larges pans, à remonter vers le ciel qu'elle a quitté.

Chaque année le miracle se produit. On le sait mais on l'oublie. Comme si l'hiver, ses neiges et ses tempêtes étaient une épreuve unique et singulière qui, une fois traversée, ne pouvait revenir sous la même forme ni avec autant de rigueur. L'hiver est un rite à franchir pour revivre hors du froid blanc le retour de la réalité. On le sait cyclique, mais il est impossible d'en imaginer concrètement le surgissement. L'hiver surprend toujours les habitants au cœur d'une répétition dont l'expérience ne peut prévoir le recommencement.

Tout est blanc, transformé en une forme pure dont les contours luisent. De bon matin, les hommes entreprennent de déneiger la cour et la promenade de guet qui entoure les palissades soudainement plus basses dans l'ensevelissement. Portes et fenêtres dégagées, on respire un peu et tous montent près de la tour où le drapeau a assisté, impuissant, à cette métamorphose par le blanc. Les hommes silencieusement font l'inventaire des changements apportés en un jour par un climat qu'ils ne savent jamais tout à fait évaluer et dont les soubresauts ne manquent pas d'engendrer craintes et leurres. Dans ce froid décoré de blanc, seuls le ciel et des sapins persistent à signaler leur présence, étrangère à toute cette unité glaciale.

Soudain, à la bordure du bois, face à la tour où les dix hommes sont un moment réunis devant ce spectacle éblouissant, les yeux rivés à cette image pure qui s'impose, immense, presque irréelle, se détachent des formes rouges et noires dessinant d'un mouvement ralenti une nouvelle ligne d'horizon. Le profil se précise: canons, uniformes, troupe; un campement s'installe à l'orée de la forêt croupissante sous la neige, maculée maintenant de ces traits vifs, dressés là, inattendus, au bout du regard, face au fort.

Ces intrus sont vite identifiés par leurs bannières aux couleurs de l'Angleterre. Cadot regarde ses hommes qui, en un instant, mousquet à la main, se dispersent le long des palissades. Distribués avec régularité, ils observent les mouvements de déploiement. Incrédules et remplis d'une intuition peut-être déjà en eux, ils se tiennent droits entre les pieux de bois gelés. L'unique canon du fort français est mis en place près de la tour. Dérisoire et austère à la fois, il est pointé vers le bois où la troupe anglaise achève d'installer son campement.

Cadot, calme et ferme, leur demande d'une voix forte de se tenir prêts à toute éventualité, que le combat, s'il est nécessaire, se fera «à la grâce de Dieu!» La harangue de Cadot se clôt plus nerveusement par un «Vive le roi! Vive la Nouvelle-France!» Les hommes se surprennent à répéter, dans un murmure grave comme l'écho d'une prière, les phrases que Cadot vient de lancer. Fiévreusement, un peu malgré lui, ou plutôt comme si elles émanaient naturellement de lui, ces phrases Cadot les a laissées surgir dans l'urgence de la situation.

C'est l'après-midi. Le soleil plombe sur la blancheur spectrale des couches neigeuses. Le ciel bleu est d'un seul bloc. Le froid pique la peau des visages tendus vers les nouveaux arrivants qui s'affairent autour de leur campement installé à la hâte au bout du terrain dégagé entourant fort Sauvage. Le silence règne. Les arbres immobiles contemplent ce nouveau spectacle. Pas d'oiseaux, pas de vent, que le froid fier et sec, partout enserrant les corps et les objets dans son contour invisible.

Une attente, dans ce silence blanc, sans sifflement, d'après ou d'avant la tempête, prend en elle le

tremblement des choses. Le monde se fige dans un tableau de glace taché de points fuyants qui bougent
autour de feux improvisés. Un abîme sépare les deux
groupes. La neige entre eux est un tapis immaculé,
silencieux.

Vers la fin de l'après-midi, cinq hommes, dont un
devançant légèrement les autres, tous vêtus de rouge
et de noir, portant bien haut la baïonnette, s'arra-
chent à la lisière du bois et d'un pas alourdi par la
neige épaisse se dirigent vers l'entrée principale de
fort Sauvage.

Cadot a tenté tout le jour de prévoir les manœuvres de l'ennemi, se demandant quand un geste
serait accompli et si celui-ci en serait un d'agression
ou s'il annoncerait plutôt un processus de discussion.
Les fusils de la petite troupe française sont chargés.
L'unique canon, prêt à faire entendre son bruit de
feu, est dirigé vers les silhouettes des soldats anglais facilement identifiables dans leurs uniformes aux couleurs éclatantes. Ils sont maintenant hiératiques, déta-
chés des motifs du campement improvisé.

Voyant le groupe se diriger vers l'entrée du fort,
Cadot respire à pleins poumons et se place, jambes
bien campées, sur les planches glacées de la mezza-
nine ceinturant le fort. Sa chevelure flotte dans l'air
d'hiver. Grand, droit, il domine les remparts, prêt à
tout. La tête haute, il se prépare à ce qui vient. Silencieux comme un sapin, il regarde le détachement
de soldats anglais immobilisés à une centaine de mètres du bâtiment. Le paysage, les hommes, tout est
muet.

Mettant ses mains gantées en porte-voix, le soldat
anglais qui paraît diriger le groupe s'avance et prend
la parole. Sa voix déchire le blanc de la neige associé
au monde du silence. Pas de vent, que la voix rauque
et ferme qui traverse les remparts. Cette voix rompt
l'équilibre du froid. Le soldat dit en anglais qu'il veut

parler au chef du groupe. Sa phrase se perd sans écho dans le froid. À la lisière du bois, les autres soldats attendent des réactions en se préparant à la nuit qui va tomber sur le campement. Cadot ne bouge pas. Le vent ne siffle pas son chant habituel. Il est difficile de déchiffrer les paroles suspendues dans l'air bleuté de la toute fin de l'après-midi.

L'officier anglais ne sait visiblement pas trop comment agir face à ce silence de glace. Il se retourne vers ses hommes. Comme des statues, la main droite bien posée sur leurs mousquets à baïonnettes brillantes, ceux-ci se rendent compte que les mots de leur chef n'atteignent pas le fort où Cadot demeure, la tête bien haute, au centre de la palissade jouxtant l'entrée.

S'avançant de quelques mètres encore, seul, les mains fermement placées en cornet, bien ouvertes afin que la voix porte enfin le message, l'officier, haussant le ton, s'adresse à nouveau aux soldats français. Cette fois-ci, il vise directement Cadot d'un regard attentif sans montrer aucun signe de nervosité ou d'inquiétude.

L'officier, dont le regard va du drapeau blanc et doré à Cadot, s'adresse à nouveau au commandant du fort mais cette fois dans un français approximatif fortement teinté d'un accent *british*. Pointant le mât au bout duquel flotte le drapeau, l'officier avise Cadot que ce drapeau doit baisser pavillon, qu'il ne peut rester ainsi en place en plein territoire anglais.

À ces mots, Cadot se dresse, les épaules et le regard tout à coup plus pleins. Interloqué, il écoute l'officier lui déclarer des choses qu'il ne peut comprendre. Son corps est entièrement tendu. Un moment, il lève les yeux vers le drapeau qui, au-dessus de cet échange unilatéral, domine le froid dans la lumière déclinante. Les hommes de Cadot attendent. L'officier anglais répète ce qu'il vient de dire. Sa voix est plus rauque encore; une fumée sort de sa bouche, les paroles s'y enroulent en des contorsions rythmiques scandant les propos qui hachurent le silence.

«Comment? Comment?» demande Cadot sans sourciller, laissant les paroles distinctement s'échapper de ses lèvres en direction de l'officier anglais. «Comment?» répète-t-il, à la fois comme une question et une exclamation. Entre lui et l'officier anglais, il y a le froid, le son des paroles tombées sur la nappe de neige, le vide de tout cela, immensément silencieux dans la fin du jour imminente. L'absence de vent rend les sons plus purs. «Comment? Comment?» Rien ne bouge, ni les corps des soldats le long des remparts, ni les autres, rouges et droits dans la neige cristalline. «Comment?» répète Cadot.

L'officier anglais fait encore quelques pas et reprend plus durement, comme s'il donnait un ordre définitif à toute une armée: «Il faut baisser pavillon, car seul le drapeau du royaume d'Angleterre a le droit de flotter en ces régions et bien au-delà des Grands Lacs.»

«Mais depuis quand?» lance Cadot avec force, serrant les dents tellement cette affirmation lui paraît sans fondement, sans réalité aucune. «Mais pourquoi au juste tout ceci? Pourquoi?» «Monsieur, clame l'officier sur un ton mêlé de compassion et d'arrogance, parce que le roi de France a perdu la guerre et cédé sa colonie au roi d'Angleterre!»

Est-ce le froid, la surprise? Horrifié, Cadot fait un pas en arrière et doit se cramponner à un pieu givré pour ne pas déraper et tomber à la renverse. Il se redresse. Ses doigts se confondent au tronc équarri qu'ils griffent avec force. Un instant passe, lourd de silence, entre les dernières paroles de l'officier anglais que les hommes de Cadot ont entendues sans broncher et la réponse de Cadot. «On peut, dit-il, mais là ses mots le dépassent tellement l'émotion et la confusion le sidèrent, céder un territoire mais pas les gens qui l'habitent!» Ces paroles sortent de lui comme une nécessité. Cette réponse affirmative, Cadot ne l'a pas prévue. Il la dit comme un constat, puis, se touchant le cœur du poing droit bien fermé, il respire fortement et se tait.

Exaspéré par ces paroles, l'officier anglais poursuit avec fermeté: «Baissez ce drapeau ou nous le ferons nous-mêmes!» «Jamais, dit Cadot, jamais!» Rassemblés autour de lui, ses neuf hommes se tiennent droits. Intérieurement ils acquiescent aux propos de leur chef.

Le combat commence dans un silence opaque. L'air froid, la lumière s'estompant, les éléments naturels participent de la cérémonie. Le même silence dirige les opérations des deux camps. Avant la tombée définitive de la nuit, des tirs réguliers sont échangés avec intensité. Les deux groupes restent sur leurs positions. Un feu nourri porte déjà son mal dans la petite troupe anglaise. Le camp de Cadot perd un homme, Jérôme, le plus jeune de la troupe. À découvert, il chargeait l'unique canon avec une ardeur peu commune. Orphelin, il s'était très jeune engagé corps et âme dans la défense de la colonie. Son sourire était de ceux qui réchauffent. Peu bavard, il se portait toujours volontaire pour aider les autres soldats dans les tâches difficiles. Il a aimé passionnément une jeune Montagnaise. Il en a parlé un soir. Les hommes l'ont écouté sans trop comprendre. Il était franc et secret, Jérôme. Il venait de Beauport. Le sang rougit la neige où il repose. On veut lui porter secours malgré l'action incessante du combat, mais c'est trop tard. «Mort sur le coup!» dit un des hommes qui lui ferme les yeux avant de retourner vers la palissade d'où les coups de feu continuent de s'échanger avec régularité. Un instant, le canon se retrouve seul, sans personne pour l'alimenter, pointé à vide sur le paysage assombri.

Cette première nuit de siège en est une aussi de deuil. Regroupés autour du corps de Jérôme, à tour de rôle les soldats de Cadot disent une prière qu'ils adressent peut-être plus à Jérôme qu'à Dieu. Le plus jeune d'entre eux, dix-huit ans à peine, un soldat discipliné, fonceur, introverti. Il ne parlait à personne. On le savait orphelin de père et de mère, c'est tout. Aussi, son histoire d'amour, évoquée une seule fois, sans que les hommes le relancent, ni pour le railler ni pour le plaindre. Aimable et discret, aucune tâche ne lui répugnait. Ainsi il s'était porté volontaire pour apprendre le maniement du canon transporté avec difficulté de Québec jusqu'au fort, là où il trône maintenant au centre de la construction avec une arrogance un peu illusoire. Toute la nuit, un feu demeure allumé dans l'enceinte du fort. À l'autre bout de l'horizon, le camp anglais finit par s'assoupir. Là aussi un feu brille, sentinelle dans la nuit où les ombres n'écoutent plus que le silence du froid.

Cadot ne dort pas. En cette nuit de deuil et de douleur, il est attentif au moindre bruit, aux soupirs que les hommes ne peuvent réprimer face à ce qui les attend, face au corps inerte de Jérôme que Cadot observe avec émotion. Il reste là à veiller, comme il l'avait vu faire dans son enfance, un corps qui déjà s'éloigne du quotidien et de ses combats, rejoint par l'inéluctable, le cycle de la vie et de la mort. Cadot repense à l'arrivée du groupe à fort Sauvage, à l'installation du canon, Jérôme rieur mimant le combat, le premier hiver, le froid, le regard du jeune homme qui parfois croise le sien dans le silence comme s'ils étaient unis par une même flamme intérieure, une entente tacite. Cadot se frotte les yeux, baisse la tête. Une larme coule, peut-être. La pièce est remplie de silence, un silence lourd de la présence du corps inanimé de Jérôme.

Il n'est pas six heures du matin quand un rang formé d'une vingtaine d'hommes se détache de la lisière boisée. Serrés dans leurs uniformes rouges, ils

franchissent avec une certaine raideur quelques mètres en direction du fort. Le vent se lève poussant la
neige en tourbillons poudreux. Les contours se font
plus imprécis. Des rafales irrégulières encerclent les
soldats et forment des spirales sifflantes autour du fort
et de son drapeau. Le ciel est gris, presque blanc, confondu au paysage qui paraît sur le point de s'envoler.

Cadot demande à ses huit hommes d'être prêts à
tout. Une grande fièvre s'empare des soldats. Ils s'acti-
vent en tous sens et se préparent au combat. Ils semblent multipliés. Mousquets, canon, tout est en place.
Les hommes, bien campés sur les remparts du fort
Sauvage, s'apprêtent à livrer combat. Ils sont détermi-
nés à ne pas laisser jouer le découragement que pourrait susciter leur infériorité en nombre. Ils sont partout, à faire feu sur ces soldats, cibles rouges et noires
alignées devant eux. Ils ne tiennent pas compte du
froid et de la neige qui ralentissent à peine leurs mouvements. Ils mènent le combat au cœur même des éléments déchaînés, déployant une énergie hors du com-
mun. Cadot lui-même, comme décuplé, à chaque
coup de mousquet, à chaque seconde, semble plus
convaincu encore de la victoire des siens.

La troupe anglaise bat en retraite, se replie vers
son campement à peine visible, les tornades de neige
soulevant avec acharnement le dessus des monticules
où des hommes sont tombés, entourés d'armes et de
fumée. Le désordre est dans les lignes ennemies. On
transporte des corps inertes. Les soldats voûtés s'enfoncent dans le vent. Tout doucement, la scène retourne à la blancheur. Les tirs cessent. Dans les alentours ne persistent que le vent aspirant neige et
silhouettes, que le froid souverain. Un «Vive le Roi!»
monte des remparts du fort Sauvage. Les soldats
anglais sont retournés à leur campement. Il doit être
midi. Le combat s'achève dans un déferlement de vent
et la neige reprend possession de son domaine. Après

l'agitation des tirs, après les ordres et les assauts, la nature redevient un chaos confondant tout dans ses excès d'hiver. Une douzaine de corps sont étendus dans la neige durcie, sous un ciel anthracite. Des soldats anglais reviennent prendre les corps des leurs, qu'ils déposent sur des brancards faits de branches de sapin. Le combat a cessé; restent les pertes et le silence.

Cadot fait le bilan. Les hommes sont fatigués. Une odeur de poudre stagne dans l'humidité froide de la pièce où ils sont réunis. Un mort, Jérôme, et un blessé grave, Lebrun. Lui aussi homme de solitude, il avait été marin avant de se faire soldat. Il est atteint à l'épaule et son état n'augure rien de bon. Cadot regarde ses hommes. Comme eux il sait bien qu'une victoire est toujours relative.

Les soldats anglais quittent les lieux sans se retourner, sans regarder en direction de fort Sauvage au-dessus duquel le drapeau blanc et or reste tendu dans le ciel. Ils partent, sans explication aucune, sans autre tentative de communiquer avec les défenseurs du fort. Ils abandonnent le siège, sans doute à cause des pertes importantes subies dans le combat frénétique qu'ils viennent de livrer, sûrement aussi par crainte de l'hiver arrivé abruptement et risquant de s'installer pour des mois, avec sa force blanche, imprévisible, où tout s'enlise. Ils remontent sur Québec où Murray dirige maintenant les opérations d'occupation de l'ancienne Nouvelle-France devenue, comme en un rêve, territoire sous domination anglaise.

Revenue à Québec, la troupe anglaise ne peut convenablement expliquer sa défaite aux mains d'une poignée de soldats mal armés et qui, surtout, selon les autorités heurtées par l'incident, n'avaient pas à résister à une évidence militaire et politique qu'allait sanctionner sous peu le traité de Paris. La Nouvelle-France n'existe plus et Murray, le gouverneur du district de

Québec, ne compte pas lésiner pour le faire savoir à ses anciens habitants. Ils doivent maintenant obéissance à la couronne d'Angleterre qui désormais sur ces territoires fait la loi et règne en maître incontesté.

Bien sûr, Murray ruse et tente de faire entendre au peuple vaincu que le nouveau gouvernement sera plus vigilant que la France souvent désinvolte face aux besoins réels de la population de la colonie. Surtout, ruse suprême, mais que le général se doit d'utiliser pour établir son pouvoir sur une population à la fois dispersée et complètement habitée par un sentiment d'appartenance à ce sol de la Nouvelle-France dans lequel elle a des racines depuis plus de deux siècles déjà, Murray laisse entendre que l'Angleterre n'a pas l'intention d'interdire le culte catholique ni l'usage de la langue française sur son nouveau territoire.

Il faut dire que le général a bien senti que la population n'est pas prête d'oublier ce qu'elle est et d'où elle vient, non plus de devenir du jour au lendemain anglaise de langue et de cœur. Dans les villes comme Québec et Montréal, les marchands tentent de s'adapter à la nouvelle situation. Dans les campagnes ou dans les petites agglomérations disséminées le long du Saint-Laurent, ce changement brutal n'a pas pénétré les mœurs et les mentalités des habitants. Ils vivent comme avant, au fil des saisons, selon les règles et les droits qui sont depuis toujours les leurs dans cette colonie qu'ils ont contribué à bâtir par l'investissement de leur force de travail et de leur vie. Instinctivement, ils tiennent pour acquis que leur langue, venue de France, et leurs coutumes forgées au jour le jour depuis leur arrivée dans la colonie, sont là pour durer. Aucun de ces hommes ni aucune de ces femmes ne songent un seul instant à faire de l'anglais sa langue ni à abandonner sa religion pour adopter le culte de l'occupant. Implicitement, l'idée de la population est plutôt que, si le roi d'Angleterre a soumis l'ancienne colonie, eh bien! c'est en français que ce nouveau souverain, pardi! s'il faut le servir, sera servi!

Cet état d'esprit est très répandu dans la population. Les enjeux de tous ces changements brutaux, parfois mal compris ou vécus dans la douleur de la perte d'êtres chers, n'ont pas toujours été clairs pour la population. En émane une sourde tristesse, quelque chose d'inconnu de ces gens, un drame atteignant les habitants jusqu'aux racines de leur être. Le silence plane sur tout ça. Un silence sans solution, sans rébellion, qui s'est installé pour assurer la survie, dans un légitime désir de paix après des combats à armes souvent inégales pour des terres ne livrant pas toujours le fruit des labeurs et du rêve. Pour les anciens colons de la Nouvelle-France, seuls les travaux quotidiens atténuent ce sentiment de perte irrémédiable.

Le passage d'un régime à l'autre n'est en fait techniquement saisi que par les élites de l'ancien régime. Quelques-uns décident de quitter ce qui avait été la Nouvelle-France, de retourner en Europe: terminée l'aventure dans le Nouveau Monde, d'autres, marchands cossus, curés, tentent intuitivement de composer avec les forces en présence, sachant que la paix et la coopération sont toujours souhaitables pour un harmonieux commerce des biens et des âmes.

Dans ce contexte, apprenant la défaite de la troupe anglaise à Fort Sauvage, Murray en colère ridiculise ses hommes et décide que, l'hiver terminé, ils retourneront avec d'autres soldats régler ce cas de résistance qui, même marginale, ne peut être tolérée. L'Angleterre, aux yeux de Murray, doit faire respecter ses gains de guerre; et par la force s'il le faut. Il ne peut accepter aucune dérogation à l'application des règlements venus de Londres. La colonie est désormais anglaise et doit l'affirmer en tous points, du commerce à la politique, des droits civils et des lois au respect le plus complet de cette situation de fait.

Les morts et les blessés, sans compter une partie
du matériel de guerre abandonné aux portes du fort
Sauvage, la troupe anglaise en fuite ne pouvant tout
ramener à Québec par ces temps d'hiver qui harce-
laient hommes et routes, tout cela Murray se promet
bien de le faire ravaler à ces fous, comme il les
nomme, qui osent, inconscients, s'opposer à une réalité existant depuis déjà plus de deux années.

«Ah! se dit-il, il faudra bien qu'ils plient et nous y
verrons le temps venu!» À Québec, l'affaire est rapidement classée, mais ce qui reste de la petite troupe anglaise en disgrâce nourrit la volonté de venger cette
humiliation. Dans l'entourage de Murray, on oublie
vite l'incident. Le nouveau régime a bien d'autres choses à régler pour établir définitivement son pouvoir
sur l'ancienne colonie française. Murray est prudent
et sait qu'une menace d'insoumission plane, quasi pal-
pable dans l'écart naturellement installé entre les
conquérants et les conquis. Ces anciens Français lui
paraissent à la fois enracinés et obstinés dans leurs
croyances et dans leur langue. Derrière le calme appa-
rent, il devine une force d'opposition, une endurance
aussi. Il se dit que l'hiver sera de bon conseil. Les activités ralentissent toujours jusqu'à la fonte des neiges,
laissant un long temps de réflexion bon à calmer les
esprits. Puis, il y a cette nouvelle colonie à gérer!

CHAPITRE IV

La neige a neigé

«Fort Sauvage, le 16 du mois de novembre de l'an 1763.» Cadot fixe la grande page dont la blancheur tremble sous la lampe. Que ces mots d'inscrits: le lieu et la date. Depuis un bon moment, Cadot est face au silence. Il veut raconter ce qui s'est passé pendant les deux jours de l'assaut anglais. Aussi les autres jours pendant lesquels il a fait le bilan du combat avec ses hommes. Aussi le deuil et les liens profonds entre tous ses soldats. Les faits brefs mais meurtriers sont en lui. Il tente de les consigner mais en vain. Les feux à l'horizon, le tremblement du canon, les Anglais sérieusement touchés, mais aussi sa propre blessure devant la perte de deux soldats de son camp, la veille interminable avec les hommes silencieux, tout cela le ronge mais reste inexprimable.

L'hiver précoce et vorace est là partout à cerner la réalité. On réussit à enterrer les corps malgré que la terre soit déjà durcie par le gel. Les hommes de Cadot piochent avec détermination la surface du sol. Ils y enfouissent les deux cadavres qu'ils ont recouverts de branches séchées et de sapinages. «Au printemps, se disent-ils, on leur fera une sépulture plus chrétienne à ces braves!»

Cadot veut inscrire les faits pour que demeure la mémoire de ces jours du début de l'hiver de 1763 où lui et ses hommes ont défendu, au nom du roi de France, le drapeau et le fort, témoins de son autorité. Cadot regarde les flammes dont le mouvement s'étire au-dessus du grand cahier. Il revoit le combat, entend les coups de feu et le vacarme des canonnades. L'image des corps de ses amis se mêle à celle de la fuite précipitée de la troupe anglaise. Puis, après ces excès, le silence s'installe dans une sorte de stupeur. Et tout ça entouré de froid, de blanc, d'un ciel implacablement gris, œil ouvert sur le carnage.

D'une main lourde, Cadot finit par écrire: «Deux morts, Anglais refoulés, hiver long et froid.» Puis il reste là, l'esprit abandonné aux ombres créées par la lampe au globe noirci par l'usage. Le rouge des habits se marie dans sa tête avec le sang sur la neige, avec la fumée des salves dans l'agitation fébrile, et cet officier anglais qui demande de baisser le pavillon français: «Baissez ce pavillon, ou nous le ferons nous-mêmes!» Cadot ressasse cette phrase. Tout s'est déroulé si vite. L'idée d'une capitulation de la colonie aux mains de l'Angleterre, Cadot ne peut y croire. Il a compris ce qu'il a entendu mais ne peut l'accepter. Son regard s'assombrit. La flamme y danse sans y pénétrer. Pour Cadot, les faits se sont passés comme dans un cauchemar. L'essentiel, pour lui, est qu'avec ses soldats il a résisté aux forces anglaises, repoussé l'ennemi et que le drapeau français flotte encore au-dessus de fort Sauvage. C'est ce que, penché sur son cahier, Cadot se répète inlassablement.

Depuis l'enterrement des deux soldats morts pendant cette bataille éclair, les hommes de Cadot sont de plus en plus silencieux. Souvent les jours défilent sans qu'aucune parole ou presque ne soit échangée. Chacun ressent intensément la perte des deux camarades. Peut-être aussi les paroles de l'officier anglais les hantent-ils. Ce changement de régime leur paraît impossible. Aucun émissaire français ne leur a été envoyé, aucun des rares voyageurs ou des commerçants passés par ici depuis les deux années qu'ils sont au fort Sauvage n'a parlé de cette nouvelle terrible. Pour eux, le roi de France est toujours maître du pays. Ils n'osent cependant pas aborder la question de front. À l'heure des repas, alors qu'ils parlent un peu, soit de souvenirs, des travaux du jour, ou plus rarement du motif de leur venue à fort Sauvage, le sujet demeure tabou, comme enseveli dans le silence de la neige qui recouvre et confond tout. Cadot, comme ses hommes, reste muet sur le sujet.

Des rafales de neige emprisonnent le fort. Leur force est telle que toute parole serait un effort inutile dans cette lamentation qui monte de l'hiver, longue plainte cinglante ne laissant place à rien d'autre qu'à son chant modulé à l'infini. Cette nuit, Cadot referme le cahier pour écouter ce chant de l'hiver. Il écoute toute la nuit cette langoureuse stridence des vents du nord rappelant à ceux qui les affrontent que la nature englobe tout et qu'en certaines circonstances elle est souveraine. La nuit est longue et intemporelle; des spectres humains et des forces naturelles déchaînées semblent habiter le hurlement du vent. Cadot ne s'assoupit qu'à l'aurore. La tête renversée sur son grabat, il s'abandonne enfin au sommeil.

Le jour suivant est très froid. La neige craque sous les pas. Un filet de fumée agité monte au-dessus du fort. Des dunes de glaces fouettées par l'éternel vent du nord qui, inlassablement, balaie la crête des arbres et la petite plaine s'étendant autour du fort Sauvage forment les seuls points de repère de la région. On n'entend que les claquements du vent autour du drapeau français, ses sifflements quand il s'engouffre dans la cour principale et tournoie autour des bâtiments qui résistent aux tourbillons. L'hiver répète son scénario jour après jour, habillant le paysage du blanc d'un éternel recommencement.

Dans la pièce au-dessus de laquelle la fumée est soufflée par le vent, les soldats attendent. Depuis plusieurs semaines qu'ils sont enserrés dans l'enceinte du fort Sauvage, les hommes lentement ont réappris la parole. Après les deuils et les peurs, les tensions s'apaisent dans le silence nocturne et le goût revient de dire aux autres ce qui maintient en vie. Une nouvelle solidarité issue de l'épreuve du combat qu'ils ont mené ensemble aux premiers jours de l'hiver s'est installée et rend la traversée de l'épreuve du froid hivernal plus acceptable. Même Cadot, lui si renfermé à des heures meilleures, communique plus facilement avec ses hommes. Parfois, des rires fusent de la petite salle basse où les hommes s'attardent. Cadot écoute leurs histoires et ajoute quelques mots. Il encourage ses braves et va même certains soirs jusqu'à raconter des histoires drôles entendues à Québec durant son enfance et son adolescence. Les hommes se stimulent avec des histoires plus ou moins fictives dans lesquelles les chasseurs sont des héros triomphant d'une nature aux forces incroyables. Ils rient de bon cœur aussi quand un des hommes rapporte une histoire de caserne remplie de détails plus grivois. Autour de la cheminée aux tremblements irréguliers, ils sont tous là, dans l'énergie de la survie, à se taire ou à parler, à parler souvent d'avant l'hiver, d'avant leur venue au fort.

Un seul sujet n'est jamais abordé, mais il est présent dans les regards fuyants et dans la tension insistante qui se manifeste par de petits gestes. Ce sujet c'est: qu'adviendra-t-il de fort Sauvage après le dégel, au printemps? Les troupes anglaises reviendront-elles? Sauront-ils tenir tête à un assaut mieux organisé, eux qui ne sont plus que huit, mal armés et avec des munitions restreintes malgré le matériel repris à la troupe anglaise en déroute? Ces questions, les regards des hommes les portent mais leurs lèvres ne les posent pas. Ils préfèrent raconter des événements du passé, des choses d'avant cet hiver particulièrement violent venu arrêter le temps aux portes des rafales rendant tout illusoire.

Les semaines s'écoulent sans que les jours ne se distinguent entre eux. Un des hommes, nommé Jean-Baptiste comme le chef Cadot, fait des entailles avec son couteau sur une poutre soutenant le toit de la pièce commune. De ces traits, il déduit, et en silence les autres avec lui, que le temps malgré ce qui paraît passe, avance à travers le froid venteux entraînant la réalité dans la répétition insondable de cette cérémonie de l'hiver. Ce même Jean-Baptiste en arrive ainsi à chiffrer le passage des semaines et à différencier les jours les uns des autres.

Discrètement, le dimanche venu, on l'entend murmurer, dans un recoin de la pièce basse, quelque chose que les hommes savent être une prière. Il ne l'impose pas sa prière. Il la laisse venir à ses lèvres d'homme mûr. Les mots se rendent jusqu'aux autres hommes. Intérieurement, ils la reconnaissent. Les mots latins sont pour tous un souvenir d'enfance qui berce le temps, l'annihilant dans une rumeur aux intonations apaisantes. Les hommes savent que c'est dimanche. Cette prière murmurée, Jean-Baptiste semble la dire pour tous dans une humilité que les autres respectent. Ils savent que demain la semaine va reprendre son rythme sans autre raison d'être que le déroulement banal de la vie. Cadot a remarqué ce que fait Jean-Baptiste, mais n'en parle jamais. En lui, cette prière du *Pater noster* monte souvent. Sans se rendre aux lèvres, sans devenir murmure, comme une image sonore tout intérieure, cette prière lui parle de l'enfance qui lui tient tant à cœur. En fait, elle le guérit du temps et de ses tourments.

Ainsi les dimanches se distinguent dans l'hiver blanc. De la pièce principale où se retrouvent les hommes, provient une rumeur latine que le vent psalmodie comme une plainte venue de très loin, de l'enfance en chacun retrouvée.

Les flammes bougent au-dessus du grand cahier refermé. Les ombres comme des esprits ont encerclé Cadot. Il n'a presque rien écrit. Il est ailleurs, dans la spirale des hivers de sa vie.

Il neige. Depuis deux jours, la neige ne cesse de tomber, de tout transformer, refaisant la topographie des maisons et des rues. La blancheur retouche les imperfections du paysage de la petite ville, rendant ouatés les angles les plus découpés. Il y a de fortes rafales dans la nuit boréale. La maison est harcelée par le vent qui se précipite dans les rues étroites, y dispersant d'étranges hurlements.

Cette nuit, comme pendant tant d'autres, Jean-Baptiste Cadot ne peut dormir. Il se réfugie auprès de sa mère pour chasser la peur sans pour autant pouvoir fermer l'œil. Il est là, recroquevillé. Il écoute et regarde. Il pense à ces histoires racontées par des enfants qui disent les avoir entendues le soir à la dérobée, de la bouche de leurs parents. Tout ça s'agite dans sa tête: des histoires diaboliques d'enlèvements par le vent, d'âmes errantes qui se glissent dans les tourments de la tempête et crient leur désarroi, tentant d'attirer vers elles les âmes d'autres pauvres mortels. Il pense aussi à ces histoires de neige et de terreur, de soir glacial où un étranger se présente et d'un discours séduisant, envoûte la plus jeune des filles jusqu'à l'arracher à son foyer et l'entraîner vers des lieux inconnus. Lui reviennent de terribles histoires d'ours presque humains aux dimensions inquiétantes. La nuit, ils rôdent autour des demeures dans les bourrasques et les vents froids, à la recherche d'enfants qu'ils voleront et emporteront plus au nord, au loin, au-delà des forêts sans fin. Ces histoires assaillent Jean-Baptiste qui ne peut s'endormir. Il épie les bruits et les ombres, les craquements surgis de partout dans la chambre de sa mère où il s'est encore une fois retrouvé, tremblant et inquiet.

S'éveillant, la mère de Jean-Baptiste passe sa main dans la chevelure blonde de son fils. Elle lui dit de dormir, qu'il n'a pas à avoir peur, qu'un ange veille sur lui. Alors, avec cette image ancrée bien en lui, l'enfant cède au sommeil et se laisse recouvrir par les ailes imaginaires d'un ange protecteur. Il rêve que cet ange joue avec lui, se roule, complice, dans la neige de paillettes qui entoure la maison et le garde avec bienveillance contre tous les dangers, jusqu'au matin.

Aujourd'hui, avec le froid et cette tempête qui n'en finit plus, la mère de Jean-Baptiste décrète qu'ils ne pourront sortir du logis, car il semble réellement que le froid soit dangereux. Dès le petit matin, elle attise le feu. Jean-Baptiste, ravi, la regarde s'affairer. Il lui dit: «Il n'y aura personne à l'école, personne ne va sortir par une tempête pareille! — Eh bien, aujourd'hui mon Jean-Baptiste, tu vas continuer sagement à apprendre à lire et maman va s'occuper de toi et que de toi!» Se serrant contre sa mère, les yeux étincelants, Jean-Baptiste remercie le ciel d'avoir envoyé sur Québec une tempête si forte qu'elle lui laisse sa mère tout entière, toute une journée. Ensemble ils vont «jouer à l'école»! Il s'installe au bout de la table basse où des livres de lecture sont posés. Ils ne serviront pas à d'autres élèves aujourd'hui, à cause du froid.

Ces jours d'hiver où tout est immobilisé, la ville, les gens, le rythme habituel des choses, Jean-Baptiste les aime par-dessus tout. Seul avec sa mère et les livres, il apprend à voir la vie de l'intérieur. Il aime nommer les objets avec précision. Il invente aussi des mots pour faire sourire sa mère. Le monde est à sa mesure. L'enfant souvent solitaire soudain est transformé. Il parle, il rit et se penche sur la page lignée où il esquisse des phrases avec une attention minutieuse.

Il lève la tête et, concentré, il écoute sa mère lui
parler de la France, de «là-bas» comme elle dit toujours pour désigner ce pays qui, pour lui, n'existe que
par les mots de sa mère. Ce pays, il a appris à l'aimer
les yeux grands ouverts, se laissant imprégner par le
récit de sa mère dont les paroles lui semblent magi-
ques. Il a l'impression d'avoir accès à un secret: l'histoire vraie de cette mère qu'il aime tant et dévore du
regard, suspendu à ses mots. Il est assis devant elle
sans broncher et elle parle. Parfois ses mains dessinent
des gestes mimant un objet ou une scène que l'enfant
tente de découvrir. Avec délicatesse, elle lui décrit tout
ce qu'il n'a jamais vu ici, dans la colonie et qui, «là-
bas», est chose courante. Elle rit souvent aussi, caresse
la chevelure de Jean-Baptiste. Avec une infinie douceur, elle regarde Jean-Baptiste, son fils unique, son
enfant, étonnée de l'intensité avec laquelle il écoute.

Elle parle des gens, des saisons où la pluie rythme
les choses de la nature, des mœurs et des paysages de
la campagne de France aux terres si grasses. Elle décrit
des cathédrales, lieux sacrés construits par la force et
la foi des hommes, pendant des siècles d'histoire et de
travaux quotidiens. Longuement, elle s'attarde sur
l'abbaye du mont Saint-Michel, entourée d'eau, austère, mystérieuse sur son roc face à la mer étale. La
masse d'un gris profond pointant vers le ciel son désir
de rejoindre les anges et les faveurs célestes fait l'objet
d'une description détaillée. Elle parle des rues entor-
tillées qui montent vers l'église aux dimensions im-
posantes, devenue, avec l'éloignement, inouïes. Elle
raconte en détail la seule visite qu'elle a faite de cette
étrange église protégée par un archange.

Sa voix change, devient grave, émue quand elle
parle de la ville de La Rochelle, port sur l'Atlantique,
d'où elle s'est embarquée pour venir en Nouvelle-
France. Elle en parle calmement comme pour bien
laisser défiler en elle, une à une, toutes les images, au

ralenti, afin d'en percevoir complètement tous les détails et revivre l'ambiance. Elle évoque l'air marin, les murailles, les larges tours près du port, l'activité, l'inconnu, là en rade, une joie mêlée d'une infinie tristesse, les malles chargées sur le bateau, les gens qui attendent dans les bruits habituels du port, tout cela et quelque chose de plus, caché encore, que seul le cœur connaît et qu'elle ne peut dire à son fils, tout cela lui revient dans ce matin d'hiver, jour de tempête à Québec où elle lui apprend d'où sont venus ces colons qui peuplent la Nouvelle-France.

Elle explique à son fils unique, Jean-Baptiste, le grand espoir qu'a fait naître, chez elle et chez les autres qui attendent près des malles empilées sur le quai, l'idée de cet exil. Elle raconte la fièvre de ce grand départ, puis la traversée, la peur, l'océan sans fin aux flots gris et violents. Elle parle de ces gens ne se connaissant pas, réunis sur ce bateau, devenus passagers d'un même rêve et qui, dans l'inquiétude, gardent foi dans leur désir irrépressible de nouveauté. Elle cherche les mots justes pour dire à Jean-Baptiste, son fils unique, l'émoi singulier qui la guide alors. Tout le jour, un des plus froids de cet hiver-là, se passe ainsi à nommer et à décrire des souvenirs que Jean-Baptiste prend sur lui de réinventer dans sa tête d'enfant.

Cadot se redresse sur son tabouret. Un vent gémissant force les carreaux. Troublée, la flamme s'avive soudain. Ce soir, le fort est envahi de voix qui tombent comme la neige et Cadot se souvient.

Dans les rues on entend: «Un feu dans la basse-ville! Un feu dans la basse-ville!» L'événement prend tout le monde par surprise. Sur le perron des portes, la population regarde une masse rouge monter dans le ciel. D'immenses nuages noirs surplombent la scène, atteignant plusieurs mètres. Ils grossissent à mesure que d'autres maisons sont touchées par l'incendie. L'hiver enrobe ce spectacle d'un halo lugubre.

Jean-Baptiste veut suivre sa mère. Elle s'est habillée en vitesse et cherche le grand récipient de cuir qui pourra servir à la chaîne que les voisins ont déjà mise en place. Lors d'un incendie, tout le monde se donne la main pour combattre les flammes. Les feux sont fréquents à Québec, car les rigueurs de l'hiver obligent la population à surchauffer les demeures pour la plupart de bois. Sur ordre de sa mère, Jean-Baptiste reste dans la maison d'où il peut observer le désastre. Rivé aux carreaux, il perçoit la violente poussée des flammes qui contrastent avec le froid blanc de ce soir d'hiver. Il voit sa mère s'engouffrer dans le rassemblement au cœur duquel des hommes se sont d'instinct reconnus un rôle de chef.

Les soldats arrivent. Dérisoires, les cuvettes d'eau passent de main à main. L'air est enfumé. Par moments, un vent plus fort chasse la fumée d'un coup et laisse planer le noir cru de la nuit découpée de rouge. Les gens s'agitent en tout sens pour tenter de circonscrire l'incendie. L'enjeu passe par le transport de ces récipients remplis d'eau, acheminés avec difficulté étant donné les rues en pente, le vent, la neige accumulée depuis quelques jours, des puits voisins vers les lieux du sinistre. On veut protéger à tout prix le pâté de maisons qui fait face au fleuve. Le vent n'aide pas à limiter les dégâts.

Jean-Baptiste est ébloui par ces montées subites de jets rouges qui veulent tout embraser dans leur envol. Des morceaux de bois noircis et des tisons retombent sur les bancs de neige que l'eau et le feu changent en amas jaunâtres.

Toute la nuit, habitants et soldats unissent leurs efforts pour éteindre le brasier. La mère de Jean-Baptiste, fatiguée, les vêtements recouverts d'une épaisse suie de carbone, revient à l'aube pour trouver Jean-Baptiste enroulé dans ses couvertures près de la fenêtre. Il a sûrement, devine-t-elle, jusqu'à la limite de son endurance, suivi l'évolution du cataclysme qui a détruit, entre autres choses, la maison de trois étages de la famille Boucher, amis des Cadot depuis toujours.

Jean-Baptiste s'éveille en sursaut et, tendant les bras vers sa mère, s'écrit «Michel! Michel!» «Non, non, mon petit! répond la mère, Michel et sa famille sont sains et saufs, Dieu merci! C'est la maison qui a brûlé, eux sont sauvés! Il faut dormir, mon Jean-Baptiste!» Exténuée elle s'assoit sur le rebord du lit et voit par la fenêtre que la neige recommence à tomber.

Le lendemain, on trouve partout des amoncellements de débris calcinés jouxtant des murets de pierre qui ont résisté aux violences de l'incendie. La glace entoure ce qui n'est plus que ruines désolées. Une forte odeur de fumée humide persiste et rôde dans les rues, portant la nouvelle de l'incendie bien au-delà des limites du quartier.

Encore sous le choc, Boucher, le père, sa femme et leurs enfants regardent le spectacle, las, défaits. Le froid de l'hiver ne les atteint plus. Ni le vent ni le regard compatissant des voisins ne les aident à reprendre pied dans la réalité. Pour eux, il n'y a que le noir cruel des restes gisant dans la neige qui tombe toujours et recouvre à demi l'ensemble, laissant pointer quelques planches, anciens murs ou vestiges de meubles détruits. Les flammes, en une nuit, ont emporté tout le bien de la famille. Jean-Baptiste est avec eux. Il ne parle pas. Il est désolé comme ce qu'il voit. Il tient la main de Michel, presque sans la sentir. Ce matin, ils ne rient pas comme ils le font si souvent, ne se taquinent pas, ne s'amusent pas dans la neige. Ils sont deux enfants silencieux entourés par la famille Boucher, le vent, le froid et un vide qu'ils ne savent pas nommer.

La mère de Jean-Baptiste les rejoint. Elle serre l'épouse Boucher dans ses bras. Les deux femmes ne pleurent pas. Elles regardent Jean-Baptiste et Michel. La famille est pétrifiée, incrédule devant cette destruc-

tion par le feu de tout ce qui constitue leur vie quotidienne. Le père est le plus abattu. Le vent recouvre le
silence. La neige camoufle déjà en grande partie les
traces de l'horreur. Le vent repousse les gens vers
leurs foyers. Les Boucher, muets, remontent la rue jusque chez les Cadot. Une soupe a été préparée. Elle
sera servie avant que le sommeil ne prenne ces gens
accablés par le malheur. En marchant, Jean-Baptiste se
retourne et voit de plus haut les ruines de la maison
des Boucher. De loin, cela semble être les fondations
d'une chose à construire. Il dit à Michel: «Tu verras,
ma mère va t'apprendre à lire, à toi aussi!»

CHAPITRE V

Le retour

Un matin, l'air est plus doux. Une lumière diffé-
rente entre dans la salle commune où les hommes se
préparent à sortir. La porte du fort est toute grande
ouverte sur le paysage. On respire. On vit. Quelque
chose a changé. La neige est encore là, mais les rayons
obliques qui la chauffent depuis peu la menacent,
l'alourdissent. Sa persistance est illusoire, la chaleur
finira par la vaincre, permettant au sol de reprendre
ses droits. On voit des oiseaux se poser sur les rebords
du toit de la tour. Sans autre explication que celle du
temps qui finit toujours par traverser la réalité, l'hiver
est fini. Les hommes de Cadot en sont conscients et
marchent les bras nus au soleil, humant l'air neuf. Ils
savent que quelque chose est gagné: ils ont une autre
fois survécu à l'épreuve de l'isolement.

L'hiver a été difficile. Le souvenir de la bataille
était lourdement présent dans les cœurs. Les silences,
au centre des tourbillons venteux, pendant de longs,
d'interminables mois, ont répété secrètement le
drame de novembre dernier. Mais aujourd'hui on se
sent revivre. À nouveau la parole circule librement
entre les huit hommes meurtris par l'hiver et par la
mort de deux de leurs compagnons. Cadot ce matin

vérifie si le drapeau, bien en équilibre dans le vent plus doux, tient le coup lui aussi. Des rigoles d'eau s'écoulent de flaques irrégulières formées au centre du fort. D'un coup, c'est la débâcle. Tout fond. Mollement, tout quitte l'hiver. Il reste bien un peu de viande et de poisson séchés, mais les provisions commencent à manquer. Le menu, toujours le même, rend les hommes tristes. La pêche, la chasse, quelques cultures, des racines surtout, entretenues près du fort, les baies sauvages, tout va à nouveau redevenir vivant. C'est ce qui filtre de l'air en cette fin d'avril 1764.

Tout au long de l'hiver, les hommes se sont repliés dans l'enceinte du fort. Aucun visiteur, aucun événement extérieur n'a dérangé le rythme des jours. Les hommes, malgré le froid intense, à tour de rôle, ont assuré la surveillance de la petite plaine avec son horizon de mirage blanc. Sentinelles immobiles, ils ont attendu que l'hiver passe, que le blanc se teinte à nouveau de traces de vie. Ils ne parlent jamais de ces heures passées sur les remparts près du drapeau, à scruter ce qui ne vient pas, ce qui n'est que l'image blanche de l'infini. De cela, personne ne témoigne, personne ne se plaint. Cet après-midi, les hommes se disent, enfin souriants, soulagés, que cela a été long.

La petite plaine paraît plus basse avec ses plaques de neige vouées à disparaître pour de bon, jusqu'à l'an prochain. La porte dégagée de la glace et de la neige, la cour striée de petites voies pour l'écoulement de l'eau permettent enfin aux hommes de respirer la douceur d'être là, en vie, après la dure traversée.

Le soir de ce premier jour printanier, Cadot, au repas, calmement mais en détachant ses mots, d'une voix grave dit: «Ils vont revenir! Il nous faut être prêts, car ils vont revenir!» Les hommes hochent la tête. Ils savent. Eux aussi ont ces paroles sur les lèvres: «Ils vont revenir!» Cadot annonce que, dès le lendemain, les travaux commenceront. On coupera du bois à la li-

sière de la forêt. Il ajoute qu'il faut solidifier un des
murs de l'enceinte qui a bougé pendant cet hiver si
violent. La cour sera complètement dégagée pour faci-
liter toute manœuvre. Un inventaire des provisions,
des armes et des munitions est également nécessaire.

Les tâches sont attribuées sur-le-champ. Trois
hommes iront en éclaireurs au-delà de la forêt qui clôt
l'horizon. Ils se rendront jusqu'au lac à la source du
fleuve évaluer la situation dans la région. Ce soir, pendant des heures, les hommes soupèsent la position du
fort Sauvage dans le combat à venir perçu comme
inéluctable. Ils ressentent l'imminence de cet affrontement avec une force intuitive qui ne trompe pas.

Se retirant dans la pièce où, dans la solitude, il retrouve ses objets familiers, Cadot ouvre le cahier dans
lequel, depuis des mois, depuis le combat en fait, il n'a
rien noté. D'une main sûre, il écrit: «Printemps 1764.
Préparatifs. Mise en état de combat pour la défense du
fort Sauvage. Huit hommes.»

La semaine suivante, le péril revient. Comme
prévu, après le dégel, dans un printemps vert tendre,
le roulement des canons retentit. Le feu dévore le
socle de la tour où flotte le drapeau. La fumée, les cris
des hommes, les coups répétés d'un tir fourni, depuis
deux jours déjà, fort Sauvage est emporté dans une incessante rumeur guerrière. Plus nombreux qu'à leur
première expédition, Cadot les évalue à une quarantaine, les soldats anglais prennent d'assaut le fort. À
leur tête, un homme présent au premier combat et
qui veut venger l'humiliation de l'hiver dernier. Ils
sont partout, armés de mousquets rutilants, en rangs
serrés. Campant à l'orée du bois, jour et nuit leur ci-
ble est fort Sauvage, ses habitants. Leur but: que les
choses rentrent dans l'ordre, que ces Français se sou-
mettent et que flotte au-dessus du fort le drapeau de
l'Angleterre. D'ailleurs, dans les stratégies élaborées à
Québec, étant donné sa situation un peu excentrique

sur la route reliant la région des Grands Lacs et celle
du fleuve Saint-Laurent, *The River* comme ils le nomment, les Anglais ne sont pas décidés à maintenir fort
Sauvage comme relais ou poste de sécurité. Ce qu'ils
veulent, c'est que cette impertinence cesse, que les
choses soient ce qu'elles sont devenues, c'est-à-dire anglaises!

Cadot et ses hommes se battent avec une ardeur
incroyable pour défendre le fort enfumé au milieu du
combat. Dans cet affrontement où la force du nombre
joue en faveur de l'assaillant, ils tiennent tête comme
par miracle. Ils ne sont plus que cinq soldats à tout
faire. Ils nourrissent le tir en direction des assaillants,
alimentent le canon. Ils viennent au secours des trois
blessés agonisant près des barricades, éteignent un
début d'incendie qui menace la tour centrale. Dé-
chaîné, Cadot se dépense sans compter. «Feu!» ne
cesse-t-il de répéter. «Feu! Feu! Feu!» Les rangs anglais
accusent aussi des pertes, mais vu le nombre inégal
des belligérants, l'issue du combat semble irréversible.
Cadot et ses hommes le sentent, mais sont prêts corps
et âme à aller jusqu'au bout. «Feu!» répète Cadot.

Indifférent, le drapeau blanc et or flotte sur ce
qui ne peut qu'être un horrible carnage. Le matin du
troisième jour, le commandant anglais, avec cinq de
ses hommes, s'approche du fort. Il porte un drapeau
blanc, signe de paix ou d'un désir de pourparlers? Un
soldat du peloton arbore aussi un étendard anglais,
rappelant bien le but de leur présence ici. D'une voix
forte, et en anglais, le commandant s'adresse à Cadot
déjà repéré depuis le début des combats comme étant
le chef de ces résistants.

D'après le cérémonial mis en place par la troupe
anglaise et son commandement, il est clair que l'on
surestime les effectifs qui défendent avec tant d'énergie les couleurs françaises. Au-dessus du fort, le drapeau domine la scène dans la banalité vive de ce ciel

d'été précoce, si bleu qu'on le dirait issu des profondeurs du lac, tout près, où se brise la forêt pour devenir une presque mer.

Le commandant anglais s'adresse aux soldats français, les mains en porte-voix, pour que l'écho transmette bien ses paroles vers les hommes rangés autour de Cadot, afin de donner l'impression que, derrière eux, ailleurs dans le fort, s'affairent d'autres soldats prêts eux aussi à déployer armes et courage.

La chaleur est excessive. Les moustiques, l'air brûlant et le soleil qui plombe donnent à la scène un air quasi irréel. Depuis le premier combat, c'est comme si le paysage montrait son exact envers. Tout a chaviré, du froid à la canicule. Enserrés dans leurs uniformes, les soldats anglais ressemblent à des soldats de plomb. La sueur perle sur les fronts. Sur les remparts, dans cette torpeur d'été qui s'est abattue d'un coup sur toute la région, les hommes de Cadot, visages rougis par les rayons brûlants, sont attentifs.

Les paroles lancées par le commandant arrivent jusqu'au fort où, impassibles, Cadot et ses hommes tendent l'oreille aux propos énoncés dans une langue dont ils ne savent que quelques rudiments, glanés au hasard d'autres affrontements. Par le ton, ils saisissent cependant le sens des paroles cruelles et se souviennent des phrases tranchantes de l'an dernier. Sans comprendre tous les mots prononcés péremptoirement par l'officier anglais, Cadot répond d'une voix forte et grave: «Jamais messieurs, jamais! jamais!»

Les Anglais se retirent pour reformer des rangs de combat. Le feu court dans la clairière. Des explosifs s'envolent des canons dans l'air humide pullulant de moustiques. Le temps est lourd, l'affrontement, définitif. Des deux côtés, des hommes tombent, sur le champ de bataille comme derrière les remparts. Ils tombent dans la fureur du combat sanglant. En sueur, les soldats des deux camps s'acharnent dans ce pacte

de mort qui les entraîne au-delà de la raison. «Feu!»
crie encore Cadot, le bras tendu vers les assaillants.
«Feu!»

Le lendemain, fort Sauvage n'est défendu que par
trois hommes, épuisés mais vivants. Inquiets, hagards,
ils sont debout près de la tour. Le drapeau au-dessus
d'eux protège les restes du saccage. Fatigués, démunis
devant la mort et le vide, ils sont décidés à ne pas se
rendre et à lutter jusqu'au bout. Autour de Cadot, les
deux soldats, silencieux dans la moiteur du lourd matin d'été, fixent la plaine déserte.

En silence, la troupe anglaise a quitté son poste.
Contre toute attente, elle laisse fort Sauvage à son sort.
Rapidement, le camp a été démonté. Les derniers soldats rassemblés s'enfoncent dans la forêt avec leur matériel. Ils tournent le dos au fort et à son drapeau. Sur
le coup, Cadot et ses deux compagnons ne réalisent
pas que le combat a été brusquement interrompu. Ils
sont là, hébétés, chancelants près de la tour, leurs habits salis par des jours de lutte incessante, mouillés de
sueur et de sang. Les hommes regardent sans comprendre les derniers soldats anglais quitter les lieux
avec précipitation.

Un messager arrivé de nuit a transmis un ordre
rappelant de toute urgence le corps expéditionnaire
vers Québec. La troupe anglaise est dépitée, car elle a
subi de lourdes pertes et surtout, elle n'a pas réussi à
faire entendre raison à Cadot et à la garnison de fort
Sauvage. Avec calme et désinvolture, le drapeau français veille, dans ce chaud matin d'été, sur le mât
planté au milieu de la tour de bois. D'un nouvel assaut
bien orchestré, la troupe anglaise aurait anéanti ce qui
reste des soldats français gardant farouchement l'entrée du fort. Ignorant que seulement trois hommes
survivent et se multiplient pour faire illusion sur le
nombre et les conditions du combat, le commandant
anglais a plutôt imaginé qu'il affrontait une solide

garnison bien pourvue en hommes et en courage.
Encore une fois humiliée par des pertes importantes,
la troupe anglaise, en ayant reçu l'ordre formel, se replie vers Québec. Là, on organise une autre bataille,
selon Murray, ô combien plus décisive celle-là, menée
contre les troupes du général Washington qui menace
d'entraîner dans son choix d'indépendance une partie de la colonie anglaise du Canada.

Cadot se retrouve à la tête d'une garnison mori-
bonde. Deux hommes ont résisté au rude combat.
L'un, Jean-Pierre, natif de Montréal, est blessé à
l'épaule et l'autre, Paul, le plus âgé des soldats qui for-
maient la troupe française, est dans un grand état
d'abattement, terrassé par les événements. Cadot se
demande comment ils peuvent, à trois, et dans l'état
pitoyable où ils se trouvent, assurer la défense du fort
contre les périls à venir.

L'été de 1764 est chaud. D'immenses nuées de
moustiques, favorisés par des pluies fréquentes, déferlent et rendent la vie quotidienne infernale. La chaleur pèse sur le fort et la forêt. L'affaissement et une
sorte de torpeur se sont installés à la suite du dénoue-
ment absurde du combat. La confiance des trois hommes est ébranlée. Ils ne sont plus rien, vidés. Une
intense humidité s'abat sur eux et les plonge dans une
léthargie exténuante. Ils stagnent, ressassant les images du début de l'été, du combat.

À la fin de l'été, Jean-Pierre est emporté par une
fièvre qui l'a fait délirer pendant des semaines. Sa
blessure à l'épaule s'était aggravée et les plantes n'ont
pas réussi à faire tomber la fièvre et à arrêter la pro-
gression de l'infection. En proie à des hallucinations, la
nuit, il poussait parfois des cris déchirant la noirceur
comme au plus fort du combat. Ou encore, pendant
des jours entiers, il ne parlait plus et seuls des spasmes
nerveux le retenaient à la vie. Cadot et Paul ont assisté,
impuissants, à son agonie. Dans la chaleur tamisée du

petit matin, ils l'enterrent, hors de l'enceinte du fort, là où reposent déjà les dépouilles de leurs camarades. Le chant des cigales ponctue la cérémonie.

Jean-Baptiste serre longtemps le vieux Paul dans ses bras. Ils ne parlent pas. Immobiles près du cimetière qu'ils ont dû improviser depuis le premier combat, ils laissent la chaleur moite de la fin d'août, les moustiques, les grillons dire pour eux que cette terre, ce paysage leur appartient. Fidèles à leurs amis morts tout comme à leur serment de défendre fort Sauvage et son drapeau, à la fois solides et déchiquetés, ils sont pareils à des statues vêtues d'étranges lambeaux. Ils ferment les yeux pour que tout se rassemble dans leur étreinte: le passé et la vie, les voix de leurs amis et l'image secrète des familles proches de leur cœur. Tout, mémoire et compassion, tout les tient là, debout dans l'air lourd finement bleuté.

Les deux hommes se jurent ce jour-là qu'ils continueront à défendre le fort, pour la mémoire de leurs amis, pour ce quelque chose en eux qu'ils ne savent pas s'avouer mais qui les lie intensément. Coûte que coûte, ils tiendront tête à tout envahisseur. Ils se le jurent devant la petite fosse recouverte de terre fraîche sous laquelle repose le corps de leur dernier camarade. Une force vive les anime. Ils sont sortis de leur engourdissement et projettent de reconstruire le fort pendant l'automne qui va commencer. Ils évaluent les dégâts matériels, planifient de nouveaux travaux de consolidation des murs et mettent de l'ordre dans les restes de provisions et d'armes. Pas une fois les deux hommes ne remettent en question leur engagement dans cette voie. De toute évidence, selon eux, ils doivent continuer à mener le combat pour le maintien de la présence française dans la région menant aux Grands Lacs. Telle était leur mission, telle demeure leur détermination!

Il s'agit d'avancer. Faut-il rejoindre le lac et le longer quelque temps afin de voir si un message d'espoir n'y est pas discernable? Cadot et le vieux Paul ne le savent pas. Depuis quelques semaines, ils ont remis fort Sauvage en état. Les palissades sont droites, les pieux, mieux appointés, la porte principale, solidifiée, la cour, nettoyée. Il ne leur reste plus qu'à se munir de provisions, de bois, de gibier et de fourrures pour qu'un autre hiver les trouve prêts. Les deux hommes ont bien en tête que le froid et la neige reviennent chaque année comme une obsédante fatalité. Ils ont l'expérience de cette épreuve mais la craignent quand même. On ne s'habitue pas à l'hiver. On s'en tire, c'est tout.

Cadot se demande comment remplir la mission qui lui a été confiée voilà déjà quelques années. Il n'ose pas laisser le fort Sauvage sans habitant aucun et, en même temps, il hésite à laisser le vieux Paul aller chasser seul du côté de la forêt, très giboyeuse en ce tournant saisonnier. Les animaux se rapprochent des points d'eau avant le retour des grands froids. Chevreuils, castors, loutres, élans deviennent pour quelques semaines des proies faciles pour le chasseur.

C'est Paul qui prend la décision de partir seul à la chasse. «Les Indiens l'aideront», dit-il. Avant de devenir soldat, Paul a passé toute sa jeunesse à trapper et à chasser, à courir les bois. C'est là qu'il a appris à ruser avec la nature et le climat, à survivre aussi. Il a découvert comment communiquer avec les Indiens qui, à plus d'une reprise, l'ont soutenu. En fait, son savoir sur la forêt, sa connaissance des mœurs des animaux et des méthodes de chasse, lui viennent des liens qu'il a tissés avec les Indiens pour qui la forêt est un milieu de vie. Il n'avait pas établi de rapports d'amitié avoués avec eux, cela lui avait semblé impossible, mais il a souvent dit aux autres hommes du fort que la forêt le rapprochait d'eux. Une complicité muette se noue, issue de la vie roulant entre les clairières et les montagnes, le long des rivières aux flots drus, au-devant des

espaces sans fin. Cela, Paul l'a parfois évoqué à demi-
mots devant ses camarades. La nature déploie ses forces, et c'est peut-être là que l'homme retrouve l'humain, dans une confrontation solitaire avec l'essentiel,
le monde animal et le monde végétal réunis en un
seul partage.

On a raconté que Paul avait choisi de revenir à
Québec et d'entrer dans l'armée coloniale après la
mort d'une jeune Indienne qu'il avait aimée jusqu'à la
suivre en forêt et vivre avec les siens. Elle est morte en
couches. Il n'en a jamais parlé, mais ça s'est su. Ce secret et toutes ces expériences vécues dans l'âpreté des
forêts donnent à Paul des traits empruntés aux Indiens comme s'il était, même à distance, inextricable-
ment lié à leur façon d'être.

Il convainc donc Cadot de le laisser aller. Il af-
firme que cinq jours suffisent en cette période de l'année pour trouver la nourriture nécessaire à la subsis-
tance de deux hommes pendant tout l'hiver. «Ils
m'aideront! répète-t-il, ils m'aideront!» Cadot le laisse
partir. Fusil pointé vers le sol, sac contenant de la
viande séchée pendu en bandoulière, à la limite de la
clairière, Paul se retourne et salue Cadot, son commandant, devenu lui aussi dans le temps et l'endurance son complice ultime face au silence. Il regarde
aussi le drapeau blanc et or, insensible au changement, fuyant entre les mains du vent du nord.

Le bois, la clairière et le ciel prennent la forme de
quelque chose de définitif. Un tableau se fige dans
l'éternité du jour. Cadot regarde longtemps vers le
sentier par lequel Paul, dos courbé, disparaît. Le ri-
deau de sapins et d'épinettes se referme sur lui. La
scène ne montre plus que la nature comme unique
personnage. Cadot devient spectateur d'un décor vio-
lemment surchargé d'or et de rouge. Il est debout
près de la tour, absorbé dans ses pensées, quand un
loup esseulé se met à hurler au loin. Le hululement

provient d'au-delà de la forêt et des vallonnements qui
enserrent fort Sauvage. Cette lamentation, Cadot la
ressent comme venue de l'intérieur, montant de lui,
en lui qui, pour la première fois depuis des années, se
retrouve seul au milieu du fort dont il est le commandant devant Dieu et devant le roi. Quand le loup cesse
son hurlement de pure désolation, l'heure a englouti
le jour tombé derrière les arbres.

La soirée, Cadot la passe à aller et venir sur la passerelle longeant les palissades. Les cris des insectes le
gardent conscient. La lune est haute. Cadot pense à ce
qui est advenu du fort et de sa mission. Il sent profondément qu'il doit persévérer et garder le fort jusqu'à
la fin, sans douter de ce qu'il met plus haut que sa vie:
l'honneur de ce drapeau hissé vers le ciel.

Cadot ce soir se perd dans une mémoire que l'été
éveille par son chant venu des buissons et du bois. Il se
revoit courant tout le jour le long des berges du Saint-
Laurent. Enfant solitaire, il ne s'ennuie jamais. Il lance
des cailloux et les voit rebondir sur la nappe bleue du
fleuve. Il s'assoit pour écouter le bruissement des insectes. Renversé dans l'herbe haute, il contemple le
ciel aussi limpide que le fleuve, chantonnant un air appris de sa mère. Revenu vers le port où se concentre
l'activité de la basse-ville, il regarde longuement trois
bateaux arrivés de France. Ils ont à leur bord des provisions de sucre, de fruits et d'épices, mais aussi des
soldats et des fonctionnaires nommés par le roi que le
jeune Jean-Baptiste imagine puissant et juste. Il aime
recréer les choses à partir de ce qu'il voit. Le voyage
de la France vers la colonie est pour lui une source in-
tarissable de rêverie. Ces trois bateaux mouillant dans
la rade de Québec lui ouvrent un monde de vent,
d'océan vaste et rageur, d'aventure et d'inconnu, de
rêves et d'espoirs aussi. Ceux qui ont habité ailleurs le
fascinent, car il invente des vies à ces gens venus
de la France dont sa mère lui parle parfois. Il reste

longtemps devant les bateaux à fixer les pavillons du
roi, à guetter la moindre oscillation des coques et les
figures des rares marins sur les ponts. Plus que tout,
les bateaux sont, dans l'esprit de Jean-Baptiste, ce qui
apporte réconfort et aide aux gens de la colonie. Il
sait, par les conversations entendues, qu'ils espèrent
toujours quelque chose de ces bateaux: lettres, pa-
quets, objets introuvables en Nouvelle-France. Aussi
chaque année, la population les attend-elle impatiem-
ment, un peu comme si la vie en dépendait ou comme
s'ils étaient un lien avec une vie antérieure, lointaine,
disparue, dont ils demeurent l'évocation.

Jean-Baptiste a le goût d'errer seul. Après s'être
attardé près des quais où sont amarrées les frégates, il
part à l'aventure, guidé par son instinct. Il se retrouve
face à la Pointe-Lévis. Là, le fleuve reprend son élan et
devient plus libre. L'onde est d'un bleu plus pur. Le
soleil, lui, brille d'un gris sec. Assis sur un petit pro-
montoire de roches dominant le fleuve, Jean-Baptiste
pense à son père parti combattre dans la milice coloniale et dont sa mère et lui n'ont pas de nouvelles. Il
pense aussi à sa mère qui ne se plaint jamais et tra-
vaille d'arrache-pied pour qu'ils survivent elle et lui
dans leur étroit logis de Québec. Elle se dépense pour
enseigner et soigner ceux qui sont dans le besoin. Il
songe à ce qui l'attend plus tard. Une noire mélancolie le retient au bord du fleuve où ses pensées dérivent
sur ces flots jusque vers la mer imaginée sans fin, en-
gouffrante.

Il pense également qu'il aime ce qu'il voit: ce
fleuve bleu, la nature immense derrière et devant lui.
Il ressent une grande paix. Après l'agitation du port,
le déploiement du fleuve lui paraît être un miroir
clair. Ses désirs et ses questions de jeune adolescent
émergent dans la lumière tombée sur le large cours de
ce fleuve. Plus rien ne trouble ce jour d'été illuminé
par les craquelures du soleil dans les herbages déjà

jaunis et les murmures arrivés de l'arrière-pays. Jean-Baptiste n'est plus tout à fait un enfant, mais il fuit souvent ce qu'il devrait faire et se retrouve à surveiller le mouvement continu du fleuve, à vagabonder derrière les maisons jusqu'à se perdre plus haut derrière les remparts de Québec. Solitaire, il inventorie tout ce qu'il voit, nature et gens. Il laisse entrer en lui les images qui se déroulent dans le vert de l'été où le blanc aveuglant des vagues brille. Il repense aux questions posées à sa mère sur l'utilité des choses, sur l'histoire des autres familles qui les entourent, la sienne aussi. Il parle peu mais écoute avant de s'enfuir vers les rives du fleuve où il se sent libre dans la fluidité du réel. Ses rares paroles sont souvent des questions et ses fuites, des descentes en lui-même. Les images se reconstruisent en lui sur les escarpements conduisant au Saint-Laurent, comme celle de ce martyr dont sa mère lui a raconté l'histoire ressemblant aux atrocités entendues au sujet de la mort de certains missionnaires venus évangéliser les premiers habitants de cette terre maintenant nommée la Nouvelle-France.

Un jour de plomb, de chaleur pesante comme une fourrure qu'on ne peut retirer et sous laquelle le corps suinte dans les crissements de l'été, la lumière décroissante rappelle Jean-Baptiste à la réalité. Il lui faut retourner à la maison où sa mère déjà doit s'inquiéter. Il hésite, traîne encore dans la moiteur écrasante, joue avec une pierre chauffée par le jour. D'un geste lent, il la lance dans l'eau du fleuve où elle s'engouffre, coulant à pic dans un bruit sourd, sinistre. Jean-Baptiste est immobilisé dans ce milieu de l'été le retenant sur place, comme s'il n'existait plus que cet été, la chaleur, le fleuve large et sonore. Le ciel lui paraît soudain strié d'efflorescences cramoisies.

Des gens devant la porte de chez lui. On s'agite. Leurs gestes se détachent sur le couchant. Il approche de la maison. Il est calme. Sa mère se tient bien droite, muette, l'air grave. Des voisins tournent autour d'elle. Jean-Baptiste les voit comme des ombres entourant sa mère soudain blême et vieillie. Il se dirige vers elle. La distance semble immense. Pourtant il est déjà par le regard entré dans un cercle de lumière blanche qu'il aperçoit émanant des vêtements et de la figure de sa mère. L'air est humide et lourd. Les voisins chuchotent des choses qui ressemblent à des prières. On le désigne de la tête. Une femme se détourne à son arrivée, enfouissant son visage dans son large tablier de bure. Sa mère le fixe comme si elle voulait l'embrasser. Jean-Baptiste se meut vers elle sans être conscient de ses mouvements, ni du sol, ni des lieux qu'il connaît, mais qui se sont transformés dans la lueur du crépuscule. Puis, il est dans les bras de sa mère. La tête renversée, il voit les larmes de sa mère, ses yeux rougis. Elle le serre dans ses bras, anéantie, presque irréelle dans la douleur. Son père, François dit Jean Cadot, est mort dans une expédition de la milice coloniale. Jean-Baptiste et sa mère pénètrent dans la maison. Sur la table basse, un document enroulé sur lui-même certifie officiellement le décès.

Cadot s'en souvient comme si c'était aujourd'hui. Le temps bascule. Il se sent grandir devant le chagrin de sa mère. Il lui fait des promesses. Il sanglote seul quand la nuit opaque recouvre le drame irréparable. Il sanglote en silence pour que sa mère ne l'entende pas. Il n'a plus l'âge, il n'est pas un enfant. Ce soir, Cadot revoit tout ça. Il est seul. Il sait que la souffrance l'a formé à la vie, à l'endurance. Il revoit la maison à Québec, sa mère, les voisins et le fleuve de cet été-là qui s'éloignent, s'éloignent sous des effilochements de ciel.

Une semaine passe pendant laquelle Cadot s'occupe autour du fort à solidifier les murs, à bêcher le potager improvisé. Souvent, il repense à son adolescence, à sa venue au fort Sauvage, à son père, mort loin du foyer familial qu'il n'a d'ailleurs jamais beaucoup fréquenté et surtout, à sa mère, noble et rieuse, sévère aussi dans sa triste ligne de vie.

Huit jours plus tard, des Indiens sortent calmement de l'orée de la forêt. Sur un brancard que Cadot voit de loin, recouvert d'une peau d'animal tannée, le corps de Paul.

La porte du fort Sauvage est entrebâillée. À quelques pas, les Indiens déposent la dépouille en silence. On n'entend dans le bruit assourdi de cette fin d'été que le tournoiement des moustiques. De l'entrée qu'ils n'osent franchir, les Indiens désemparés devinent la douleur de Cadot à genoux qui pleure.

CHAPITRE VI

La mémoire du silence

Souvent Cadot est emporté ailleurs, dans le temps d'avant. Celui de son enfance, de sa vie d'homme. Se retrouvant sans sommeil, l'esprit errant, il voyage en lui-même. Les années se confondent mais des moments précis s'emparent de lui, reviennent avec insistance. Des temps, des fuites, des images de l'enfance forment l'âme des trajets. Ce qu'il a traversé, il se sent prêt à le revivre. Il revoit la figure de sa mère penchée sur lui au matin. Il revit les atmosphères de la rue étroite, la maison de son enfance. Et la neige, partout, prenant tout en elle, striant le ciel et reliant les époques, la neige folle qui le relance. Ces images, il ne les rejette pas. Il n'en a plus la force. Ainsi, il s'y retrouve comme en lui même, recomposant à travers ces fragments, le déroulement de sa vie. Les hivers font le lien entre lui et le temps. Le froid, la douleur de vivre au quotidien, humilié par les combats, pourchassé par des rêves où s'emmêlent des pertes humaines, l'évidence d'un drame, la difficile poursuite, Cadot les ressent. Il a l'impression d'être dans un gouffre immense entouré de l'absolu du silence que domine ce froid polaire.

Abattu, immobile, des jours entiers il se laisse aller vers le cœur des choses, vers la blancheur boréale de souvenirs affolés par des vents violents. Il devient ces instants d'hiver dans lesquels tout est démesuré. Il retraverse sa mémoire. Il ne résiste plus à rien. Impassible, parfois dans son logis pour des jours et des nuits, parfois sur les remparts aux heures du petit jour, il cherche au milieu de l'hiver la trace qui posée sur la neige, lui fera reprendre pied dans la rumeur du réel. Hors de lui et en lui, c'est l'exil blanc des froids qui scande ses pulsions. Une vie intérieure dévore ses jours et ses nuits. Elle forme avec la blancheur une force d'élévation d'où Cadot tire sa nécessité de durer.

En janvier, les longs bras gris des arbres s'agitent dans le ciel, suppliant sans espoir le vent qui les harcèle. Un bruit régulier monte de la rue étroite où des rafales s'affrontent depuis le matin. Installé devant la fenêtre gelée, Jean-Baptiste laisse venir les images. Il sait qu'elles vont venir, qu'elles connaissent mieux que lui le chemin entre ces veines de glaces. Il a délaissé le livre dans lequel il apprend l'alphabet. Il est attiré ailleurs. Ce chant du vent le conduit à la blancheur de l'hiver qui l'inspire et le laisse errer hors de ce qu'il faut faire ou être. Il ne résiste plus à l'émotion qu'il ressent devant la beauté du froid. Attendri, il regarde. C'est comme si tout cela était déjà en lui, tel un secret qui allait être dévoilé. En tous sens, le vent disperse les flocons. Ses rêves d'enfants se perdent dans ces chutes de neige, blanche comme la lumière de l'été.

L'heure avance. Le jour va bientôt s'achever. Un vent porteur de verglas bat la vitre où il est en attente face à cette scène qui s'étale devant lui comme une question essentielle. Il attend sa mère. Il ne se dérobe pas à l'attente. Elle va revenir. Il n'en doute aucunement. Il est hypnotisé par le blanc de la neige à la fin du jour. Depuis le matin, il pense à sa mère qu'il sent nerveuse depuis qu'elle est entrée au service de l'administration coloniale. Il est trop jeune pour l'accompagner là-bas dans la haute-ville où elle se rend quelques heures par jour. Elle lui a promis qu'elle lui apprendrait à écrire à lui aussi. Il reconnait sa silhouette à travers le grésil. La légèreté le reprend. Il s'aperçoit qu'il s'est trompé. Ne se décourage pas. Il scrute la rue étroite descendant vers le port, montant vers les bâtiments de l'administration. Les rares profils qui s'y aventurent font rejaillir l'espoir en Jean-Baptiste.

Puis le ciel s'éclaircit sous les pas de sa mère. Tout est possible. Il revit. Le temps a fini par passer comme il le fait à chaque jour de ce long hiver transpercé de grisaille et de lumière. Il se dirige vers la porte. Un peu plus et il s'élancerait dans la rue malgré le froid, vers elle, vers ses odeurs familières, sa jupe grise que le vent garde fraîche comme une bouffée de neuf. Il ne souffre plus de l'angoisse qui l'a étreint tout au long du jour.

Consciencieusement, Jean-Baptiste ouvre le livre où sont imprimées les lettres de l'alphabet dessinées d'un trait fin, enluminées de détails délicats. Une autre vie commence. Longtemps, il a été indifférent à l'apprentissage de l'écriture, y préférant le rêve. Mais là, il le sait, il va jouer le jeu, faire l'effort chaque jour de transcrire les lettres, se demandant ce que sa mère pensera de ses progrès. Et bientôt, il pourra lire et écrire. Elle le lui a promis.

Il trace les lettres comme si elles le guidaient. Le voilà en plein travail, absorbé, tentant de les imiter. Il est libéré d'une peur. Sa mère vient de pousser la lourde porte brune. Elle est là dans l'embrasure, encerclée de vents. En secouant la neige collée à ses vêtements, elle ne quitte pas des yeux Jean-Baptiste, son fils.

Certains jours, lucide, Jean-Baptiste Cadot inspecte les bâtiments du fort Sauvage, vaque à ses occupations, les épaules droites, la main sûre. Sur lui plane le soleil violent d'un jour d'hiver. Il accomplit des actes de vie dans cette lumière implacable. D'autres jours, sa mémoire rêve, découpe le blanc, rejoint l'enfance et d'autres combats. La glace ouvre un miroir, abolissant le temps dans une sorte d'effarante immobilité. Sa vie lui semble déposée sur la neige, fouettée par le hasard.

Certains jours de tempête, le blanc se soulève du centre de lui-même et hurle, fine lame coupante transformant les frontières entre intérieur et extérieur. L'hiver est une condensation du temps dans l'espace. Ce que le blanc transmet, c'est l'émotion de l'immuable. Cadot demeure interdit, debout dans la cour intérieure du fort. Le temps dispose de lui, de sa mémoire. Il est dans l'hiver, celui, éternel, de l'histoire de son enfance, issue d'une fenêtre aux carreaux calfeutrés de guenilles d'où des fleurs fantastiques aux aiguilles éclatées prenaient leur essor. Sous des formes cumulant les traits du frimas, elles lançaient leurs ramifications en de délicats dessins aux figures superposées, condensant chaleur et froid des deux côtés de cette vitre, mince frontière à la lisière de deux mondes. Cadot se souvient de ce mystère naturel du givre créant des fleurs de glace pendant les longs mois des hivers de son enfance. Son esprit est envahi par leurs pétales anguleux.

Il a sept ans. C'est l'hiver. Pour la première fois, sa mère le laisse vraiment aller seul en dehors de la maison et des jeux qui gardent bien au chaud. Il marche jusqu'à la rue suivante et revient sur ses pas. Il aime être seul. Il joue sérieusement à choisir chaque jour quel côté de la rue il longera. Il en oublie le but: revenir vers la maison. Pendant tout l'hiver, on ne ramasse pas la neige et d'imposants monticules forment une barrière parallèle dressée de chaque côté des entrées des maisons. Il avance à travers ces labyrinthes de glace et de neige percés de trous qui servent de passage vers la rue ou une demeure.

C'est la période de l'année qu'il préfère. Il n'a jamais froid. Il ne le sent pas ce froid qu'on dit toujours autour de lui être terrible. Il se déplace lentement pour bien profiter du moindre instant. Il aime surtout marcher au sommet des bancs de neige qu'il voit comme des murailles gardant le secret des tranchées au fond desquelles des traces de pas sont incrustées.

Il invente des histoires jusqu'à s'y perdre. Il est le chevalier des glaces, il vit dans un château, dans un monde de combats et de bêtes fabuleuses. Il s'imagine d'une noblesse fière et, du haut des remparts, il défend soit une belle, soit tout ce pays de neige qui entoure les murailles et les maisons d'une ceinture de glace ne laissant rien au hasard. Dans sa tête d'enfant, l'hiver est magique et il croit fermement en être le chevalier solitaire invincible. Solennel, il marche en esprit au-dessus des neiges. Il a en main un sceptre imaginaire. Très jeune, il a mémorisé le mot *sceptre*, le confondant avec *spectre*. À la place de son bonnet de laine enfoncé jusqu'aux cils mouillés de verglas et de minuscules glaçons, il porte une lourde couronne d'or sertie de pierres rares.

Il est seul, mais il domine son territoire blanc. D'un côté, il s'en est assuré du regard, le passage est libre et de l'autre, un ennemi peut bien venir, il se dit qu'il le repoussera au loin afin de défendre les allées de neige qui conduisent à la cour intérieure adjacente à la maison qu'il habite avec sa mère. Là trône un ensemble de constructions de glace creusées de portes, arborant des créneaux de neige durcie. Il ne se lasse pas d'admirer cette redoutable forteresse de glace luisante. Il a même l'impression durant les longues heures qu'il y passe, qu'il fait chaud entre ces murs de glace qu'il faut parfois protéger contre de jeunes ennemis venus d'une autre rue. Armés de balles de neige, ils prennent effrontément d'assaut le fortin.

Souvent, il construit avec d'autres, pour toute la durée du long hiver, deux forts de glace et là, l'opposi-

tion se crée autant dans le raffinement des constructions que dans les attaques sérieuses fomentées par les
enfants du quartier, tous animés d'un esprit de cheva-
lerie et de légende.

Il se sent hors du temps, hors des contraintes quo-
tidiennes. Il est au centre du fort, dans l'hiver sans fin.
Il joue. Il pense à des guerres de neige, à des attaques
soudaines et à des créneaux à rafistoler. Il passe tout
son temps dans ce fort qui est à deux pas de la maison
mais loin, bien loin, dans sa tête d'enfant. Il se dit
preux chevalier et ne voit pas les rares passants autrement que comme les habitants du royaume dont il défend les droits. Il traîne longtemps sur ces escarpements gelés, oubliant l'heure, le froid, les maisons aux
toits fumants et tout au bout de la rue, la masse de
pierre grisâtre qu'il imagine être un donjon où crou-
pissent les prisonniers gelés.

Il ne voit pas les hivers passer. Dans ce blanc, tout
est possible: vie, jeux, rêveries. Cadot réinvente sa vie
dans le froid pur où il n'a pas d'âge. La route à suivre,
il la devine dans ce «spectre» tenu dans sa main
bleuie, bien haut comme un drapeau.

Plus tard, l'hiver après la mort de son père peut-
être, tout est blanc. La bouche bien close, il regarde
cette blancheur presque irréelle dans laquelle il est
entièrement plongé. D'une main, il tient un fusil, de
l'autre, un sac de peau gravé aux armes du roi. Il est
inerte, absorbé dans une méditation profonde. Il inspire et expire avec régularité. Son souffle se change en
fumée opaque. Il respire, mais il a oublié le lieu et le
froid. Concentré, il vacille dans le brouillard intense
de novembre. Il voit dans ce vertige qu'il n'est plus un
enfant. Tout est anéanti. La buée née de son souffle
l'emporte. Ses doigts s'enroulent autour du fusil,
dernier lien entre lui et cette force blanche envahis-
sante. Plus rien d'autre n'existe pour Jean-Baptiste

que cette vapeur blanche sortie de sa bouche, s'engendrant elle-même dans une prolifération de spirales. Depuis ce matin, il est milicien, enrôlé dans l'armée de la colonie, pour défendre le roi et sa patrie.

Sur le quai, il rêve. C'est tous les jours que cette éternité revient. Jean-Baptiste est un garçon solitaire. Sa complicité avec la vie et les autres, c'est par l'imagination qu'elle se crée, il le sait. Il est descendu une dernière fois vers le port. Le bleu du ciel englobe les maisons, la chaussée. Une pente douce l'a conduit vers le fleuve où depuis l'enfance il venait jouer. Fasciné par la blancheur des grandes voiles des caravelles, il s'invente des départs, il repense à Marie. Marie qu'il n'a pas revue, à qui il n'a pas avoué son amour, son désir. Marie qu'on dit retournée en France avec sa famille, son père ayant été rappelé là-bas, au service du roi. Marie si belle, si lointaine, ailleurs, au bout du monde, dans cette France dont il ne connaît l'existence que par les récits que sa mère lui en a fait. Le vent, les voiles, les cris d'oiseaux, c'est l'été. Marie. Il répète le prénom: *Marie.* L'été. Le froid au cœur. Il rêve. Il pleure. Il voit flotter l'image de Marie au-dessus du pont, dans ce vent qui la porte. La masse des voiles blanches la pousse vers lui. Confondus à la silhouette du bateau, ils tanguent hors du temps. Le monde et sa réalité sont cet emportement des voiles sensibles aux martellements du cœur.

De Marie, Jean-Baptiste ne parlera jamais, ni à sa mère ni à ses camarades de la milice. Jamais il ne leur révélera sa passion. Jamais il ne leur racontera qu'au centre des voiles blanches, il s'est fait chevalier, ange et voyageur, et intensément l'a aimée.

La poudrerie compose la chorégraphie de la scène dans laquelle la lune et un champ de neige illuminé se répondent. De chaque côté de la plaine déserte, Cadot discerne les appels lancés dans les tourbillons blancs. Des rafales rudes succèdent aux caresses fines dans une alternance savamment réglée par la nature de l'hiver.

Les hommes dorment. Cadot est seul à cette heure à remarquer ces oscillations du paysage. Comme tous les soirs, il marche sur les remparts d'où il peut surveiller les reflets sur la neige. Des images se juxtaposent, réfractées par ces halos énigmatiques devenus pour lui des objets de rêveries. Dans cette neige d'hiver, il regarde les sapins comme des âmes d'autres époques. Il fait toujours cette ronde seul. Il y tient. La lune se mire sur la neige et donne à la forêt des allures de gouffre inaccessible. Pendant une heure ou plus, il se dissout dans cette blancheur poudreuse, puis revient vers son logis. La blancheur et le rêve le suivent. Pour un instant encore, avant de s'assoupir, il est sensible à ces enchevêtrements d'images qui s'enracinent dans le blanc.

Il est à Québec. Il traverse la rue attiré par une lueur vive. Il s'est laissé guider au hasard, presque soulevé qu'il était par des coups de force du vent. Dans ces rues, l'hiver, on rencontre rarement d'autres marcheurs. Si cela se produit, on les imagine facilement créés par les rafales ou absorbés eux aussi dans leur lutte contre l'hiver. Ce soir, il a marché longtemps dans la ville vide, transformée par toute cette blancheur devenue miroitement sous l'éclairage des quelques flambeaux qui servent de repère. Le sol lustré lui rappelle les constructions de glace de son enfance. Il attendait avec impatience ce moment de partir seul dans le froid de l'hiver. Il n'en a pas parlé. À la caserne, ils savent, le laissent faire. Il n'aime pas écouter les paroles inutiles. Il n'aime pas se sentir obligé à quoi que ce soit. Il quitte la salle de garde, sans hâte, avec détermination. La porte refermée derrière lui, il respire cet air d'hiver. Les charpentes noires des maisons sont recouvertes d'une épaisse couche de blanc. Les objets disparaissent, les figures, les voix. Tout le jour, il a surveillé le corps blanc de sa ville, immobile, presque volatile. Il entre dans l'auberge enfumée. Ce soir, Jean-Baptiste boira du cidre, encore et encore, jusqu'à oublier sa tristesse vorace.

Être tout. N'être rien. À une certaine époque de son enfance, Jean-Baptiste était assailli par la même question obsédante. Non pas, qu'est-ce que je serais si je n'existais pas, mais qu'est-ce que tout serait si rien n'existait? La question lui revient, à fort Sauvage, où le froid s'engouffrant dans les fissures des bâtiments la siffle. Le vent s'enroule autour des formes gardiennes de la nuit. Cadot connaît par cœur l'enchaînement des constructions jusqu'aux palissades creusées contre la plaine menant à la forêt. Il aime par-dessus tout les grands sapins verts, leurs cônes clos et leurs profils figés, hiératiques, plus lunaires que terrestres. Les hommes du fort ne lui demandent jamais le pourquoi de cet acharnement à arpenter par un froid d'enfer les remparts et la cour intérieure jalonnée d'amas de neige et de glace. Personne ne semble inquiet de le voir sortir dans le soir désolé. Dans sa promenade, il se sent à la fois le vent et la résistance. Il se confond au calme des sapins brillant dans leur solitude énigmatique. Dans ce rituel, il puise des forces pour continuer. Autour de lui et en lui, de partout, c'est l'hiver. Le blanc gicle. Jean-Baptiste est là, soldat sans âge, sans vengeance, entouré de spectres incarnés dans les sifflements en cortèges.

Retourné à la salle commune, il ne parle pas ni ne se plaint du trop grand froid de l'extérieur, jamais. On ne lui demande pas ce qu'il a vu. On ne lui dit rien, jamais. Ses hommes le connaissent et respectent son silence. Plus tard, seul dans sa pièce, emporté à nouveau par les rafales, il redevient en rêve, l'ombre de ces flocons multipliés à l'infini, enveloppés par le

vent et la poudrerie qui s'arrogent le pouvoir de transformer le temps. Pour Cadot, ces soirs durent depuis
toujours. La neige réunit les images. Il marche le long
des remparts qui s'élèvent au-dessus de la plaine. Le
fort devient lointain. Des vents lui parlent d'être un
humain parmi les autres. Tout est à la fois proche et
lointain. La nuit est un chaos blanc.

Jean-Baptiste voit sa mère appliquée à dessiner les
mots d'une lettre destinée à la famille en France. Il
l'observe sagement, surpris de l'intensité lumineuse
qui se dégage de son visage. Elle est pensive. Sa main
est suspendue au-dessus du papier. Lentement, elle
trempe la plume dans l'encrier, l'imbibant méticuleu-
sement d'encre avant de tracer les mots plusieurs fois
soupesés. Ces mots, elle les inscrit d'une écriture serrée, précise. Jean-Baptiste assiste à l'exercice comme à
un rituel. Même malade, affaiblie, elle a décidé cette
année encore d'écrire à sa cousine des nouvelles de la
colonie. C'est à elle que la mère de Jean-Baptiste avait
annoncé la mort de son époux. C'est à elle qu'elle
parle depuis des années de sa vie en Nouvelle-France,
de ses souvenirs de la France.
Elle rêve, fébrile, fiévreuse, les épaules tendues
vers la lampe. D'une main tremblante, elle trace les
mots qui, dans quelques semaines peut-être, si tout se
passe comme prévu, seront acheminés en bateau vers
l'autre continent. Tous les ans vers la même date, la
mère de Jean-Baptiste prépare une missive. D'abord,
elle en parle pendant des jours, puis un matin, s'installe et écrit. Elle laisse les phrases couler d'un temps
infini flottant entre les images de France et celles de la
colonie. Sa vie alors, tout entière, tient dans ces mots.
Jean-Baptiste revoit la scène, la lumière de la
lampe, sa mère si blanche et dont les traits s'étirent. Sa
mère qu'il regarde avec amour, lui échappe déjà,
voguant sur ses rêves faits des morceaux de sa vie. La

lettre terminée, elle fixe la fenêtre où la neige danse sur un fil glacé. Se retournant, elle sourit à Jean-Baptiste avec une tendresse amoureuse d'une immense lassitude. Toussotante, elle rejoint son lit. La lettre est sur la table. Jean-Baptiste suit les ombres qui se faufilent entre la fenêtre, le lit où repose sa mère et la lampe à l'huile agitée de tremblements composant des cercles au-dessus des pages couvertes d'une fine écriture régulière.

Il a neigé tout le jour. Les heures sont suspendues au centre de cette neige qui a envahi la palissade jusqu'au rebord, engloutissant le pas de la porte et les marches de l'unique escalier menant de la cour aux remparts. Cadot s'est hissé jusqu'à la tour d'où l'horizon lui apparaît emmêlé de blanc de diverses intensités. Sans horaire, ayant perdu les notions d'espace et de temps, Jean-Baptiste persiste à observer la blancheur de la neige. Il trouve en elle l'impensable des jours qui refusent la fuite. Les signaux du soir brillent sur ces plaques blanches qui jonchent les dénivellations de terrain, liant d'une seule masse le ciel et le voisinage. L'hiver recouvre le mouvement de la vie souveraine et donne au réel des allures de fragilité. Il devient l'immuable, le maître de ce qui est, sans trahir l'angoisse couvant sous ce décor fantomatique.

Cadot est ombrageux. Assis, il jongle. Le jour est finalement passé. Sans distinguer le blanc du noir, le temps sporadiquement embrouille ses idées. Les carreaux sont barbouillés d'éclats givrés. Vers le centre des petits rectangles de verre entourés de bandelettes de tissu, des couches de glace s'amenuisent. Jean-Baptiste appuie ostensiblement son index sur le centre glacé. Il le bouge et une forme se crée dans cette rencontre de la chaleur humaine et du froid. La vitre réapparaît noire, luisante.

Sa mère maintenant s'affaire. Les odeurs du souper, la voix de sa mère chantonnant le replongent dans le ventre chaud de l'enfance d'où il apprend la résistance à la densité de l'hiver.

Il neige. Une vapeur de cuisson flotte dans la pièce. Il neige depuis des jours. Cadot a quitté son poste. Il se repose avant le repas, pendant que les hommes parlent près du feu. De son lit improvisé, le commandant s'imagine seul. Le vent aussi est seul. Cadot repose en paix. Il pense au froid, à cette neige dans laquelle il a parfois le goût de se perdre et qui pour lui est remplie d'une douceur cristalline. Il marche tête baissée, vers le fort, dans les odeurs de son enfance, la forêt, le port de Québec ou vers il ne sait plus quoi. Il vente à arracher l'âme. Il se reconnaît dans ce vent, cette plaine désertée, l'insondable hurlement qui vient peut-être des arbres de la forêt dont les plaintes emmêlées se joignent au tumulte, à sa mémoire.

C'est le matin. Cadot n'en est pas certain. Il marche sans penser, avec en lui la conviction d'être au cœur d'une beauté essentielle. Malgré la difficulté qu'il éprouve à avancer, il se rend jusqu'à cette rue où le vent sera avec lui, le poussera, il le sait, d'un coup, dans le bon sens, vers son domicile, ailleurs en avant, tout droit sur la ligne du temps.

Le vent lui parle. Il fait froid. Il ne sait plus. Il est un autre jour, un autre hiver, hier peut-être. C'est le matin, tôt. L'escalier appuyé contre la palissade est glacé. Des mottes durcies pendant la nuit sont minutieusement disposées en remparts surélevés entre des traces de bottes d'où une écume surgit en dentelle craquante. Mains ballantes, chemise ouverte, Jean-Baptiste fixe les marches ruisselantes de soleil. L'hiver étincelle d'une lumière vive, presque insoutenable. Le ciel est bleu, plus bleu que celui de l'été. Du moins, il le pense un instant. Un vent froid l'incite à rebrousser chemin jusqu'aux bâtiments. La porte résiste. Il la pousse de tout son corps et pénètre à l'intérieur. L'hiver l'a laissé passer. Il pense à l'été, à sa mère dans la chaleur de la cuisine, en attente au seuil de l'hiver.

La quiétude de la neige enrobe les miliciens. Depuis la veille, depuis le combat à mains nues dans la salle commune quand des cris ont brisé l'entente tacite régnant entre leurs solitudes, les hommes ne se sont pas parlé. Rien que le silence où parfois le vent hurle. Les rayons obliques de la lumière extérieure rejoignent la table basse près de laquelle Cadot est affaissé. Il n'a pas su empêcher la bataille. La tension était trop forte. Une haine noire a jailli entre les hommes et Cadot impuissant, catatonique, reste là, pétrifié par cette violence qu'il n'a pu contenir, qu'il n'avait pas senti venir. Des coups de poings violents sur la table, un tabouret qui vole, des cris, du sang, la rage. Cela, Cadot ne l'avait pas prévu.

Les dernières semaines avaient été particulièrement fébriles, harassantes. La peur de ce qui les attendait, et qu'ils devinaient, avait sûrement joué contre eux, contre leur entente soudée de silences opaques. Des injures, des bras levés, deux hommes roulent sur le parquet de planches larges et huilées. Ils se frappent, se contorsionnent. En des gestes brutaux, les yeux en feu, ils se déchirent à bras-le-corps. D'autres les suivent. Le combat est général.

Jean-Baptiste se jette sur les deux soldats qui ont commencé la bataille. Il les frappe à son tour de toutes ses forces, sans s'arrêter, encore et encore. Le sang sur ses mains, le sang entre eux pour la première fois, dans un désordre inouï, puis le silence. La lourdeur glauque d'après les crises quand plus rien ne veut rien dire, que les corps sont vidés de leur rage et les esprits perdus, hébétés.

Cadot roule avec les deux corps, les roue de coups, puis entrechoque les deux têtes avec brutalité jusqu'à ce que les hommes glissent vers le sol, amorphes et défaits. Alors, le silence revient. Les corps s'éloignent les uns des autres. La nuit veille les hommes écrasés sous leur mépris. Au matin, les blessures colmatées n'empêchent pas la haine de sourdre encore dans la pièce où d'un coup l'horreur refait irruption. Cadot est debout dans l'embrasure de la porte. Il tient en joue ses hommes qu'il ne reconnaît plus.

Le ciel est cru. Tout retombe. La neige a des dons d'apaisement. L'hiver a repris le dessus sur les agitations de la tempête. Personne ne reviendra sur cette crise rageuse, ces gémissements, ces corps hirsutes. Cadot se dirige vers les remparts. Sans parole, il signifie à tous qu'il faudra continuer, vivre ensemble, dans ce fort perdu où ils font leur devoir. Le vent roule son chant poudreux entre les silhouettes qui lentement sont revenues à leur poste. Tout est blanc.

L'expérience des hivers engloutit les histoires dont Cadot se souvient par bribes. Des histoires d'enfance et de combat, de douleur et d'endurance, des histoires de France que sa mère lui racontait et d'autres qui émergent de champs de glace. Il s'emporte, se dresse, ses mains courent sur le mur gelé. Il a peine à respirer. Une alerte grince au creux de lui. La neige. La neige nue. Le silence noir. Il imagine d'autres luminosités pour que son rêve demeure et ses fulgurances. Pendant toutes ces nuits glaciales aux lueurs bleutées, la solitude fait que le temps s'estompe, blanc comme l'hiver au cœur du malheur. Dans l'étoilement de sa mémoire, Cadot se tourne du côté du silence.

Jean-Baptiste Cadot, dernier commandant français du fort Sauvage, situé dans la région du Sault-Sainte-Marie, fils de François dit Jean Cadot et de Marie-Josèphe Proteau, naquit à Batiscan en 1723 par une nuit d'hiver. Dans la solitude, les événements de sa vie l'assaillent parfois comme une tempête dans laquelle il dérive entre l'apesanteur et la mémoire.

CHAPITRE VII

Les siècles de l'hiver

L'hiver murmure, siffle. Crissement du blanc perdu déjà au loin. Je sais. La vie se terre, renaît. Je sais. Le froid du froid si intense, je ne le sens plus. Je ne sais pas ce qui vient. Le froid. Ma mère parle. Je ne l'entends pas distinctement. Ce qu'elle dit, je le devine. Le vent souffle entre elle et moi. Un vent froid strident. Ma mère, ma mère, je te vois dans le blanc du papier de la lettre cachée dans le haut d'une armoire. La ville de mon enfance dans l'hiver long. Je marche. Il y a le silence et le hurlement unis, mêmes, autres. Je sais cela. Tu ne fais que résister. Le blanc est froid dans les couloirs de glace du fleuve gelé. Le bleu du vent un jour clair de rafales, non, de haut froid. Tu marches encore vers le fleuve, dos à la ville fumante. Les traces, le blanc de tes mots, ma mère. Mère, tu dis que tu es croyante. Je sombre blanc dans l'heure de ce temps. Tu parles, ma mère, la neige entre nous regarde le froid, le dedans des hivers en moi. Je sais, je ne peux répéter tes mots. Un vent tourne, la lettre s'envole, je la retiens. Tu parles, ma mère, et je me perds. Dans la neige, je ne te vois plus. Il y a la forêt de glace en couches épaisses depuis le début de l'hiver. Je suis en pleine tempête. Toujours, le retour d'images. Est-ce en moi ou hors de moi que ce vent hurle, ma mère? Le gel des jours blancs entre les espaces, les maisons. Des voix, non, une voix, celle du vent criard mêlé à la plainte de ma mère. Tu parles. Tu flottes devant moi. Je dormirai. J'attends, seul. Je crie. Je parle aussi sans savoir si tu dors dans le froid de la neige.

La fenêtre éclate, vole, s'accroche aux murs des autres maisons. La ville glisse, neige folle entrée au silence. Tu parles, non, je ne sais pas si tu parles, c'est le vent, ma mère. Il te dicte les mots. Je suis tapi en moi. Je ne sais rien, rien, moins que rien, ma mère, du froid, du gel, des avatars de l'horrible nuit blanche. Tu ne le devines pas ou plutôt si, tu sais, ma mère, ma fin de neige. Tu sais et tu pries. Je ne sais plus que l'hiver, les arbres de l'hiver, à genoux, ma mère, dans tes pas. L'hiver creuse ta jupe grise. Je pleure. Non, tu parles. Le froid craque les mains gelées du nord. Je marche autour du vent. Je le vois, je l'entends. Je suis seul malgré toi, ma mère, à genoux dans les jupes de gel. Je sens que tu penses à ma fin, mère du vent. Je hurle. Non, tous hurlent. En moi monte un chant latin, devant la lampe, un matin lointain.

Ma mère, depuis quand les neiges, le vent, un temps de craquelures, de fissures et de crises? En vain, tu me regardes. Je m'éloigne. C'est le pouvoir blanc de la neige. Le fleuve au passage reforme les mots de ta lettre. Je t'entends: «Chère cousine, ici dans la colonie...» Tu es disparue, ma mère, en disant la vérité, je sais. Ta lettre précieuse, apprise par cœur, relue, ma mère, en silence, dans le vent froid d'ici, dans le blanc des yeux du temps. Tes mots fins, ma mère, de gerçure, où je bascule. Je t'entends toujours, les yeux gelés perdus dans ta lettre: «Chère cousine, ici dans la colonie, et Jean-Baptiste, mon petit Jean-Baptiste...» Tu parles. Je disparais, blanc de neige, aux confins d'une image diaphane et trop réelle. Image, non, recul, lieu du temps blanc inflexible alors. Vent, tourments du vent, ma mère, au-dessus des mots qui vont en bateaux, loin, bleus de blanc sur la mer, ma mère. Tu parles au-delà des mers.

Je suis à l'intérieur. Heureusement le bois est chaud dans mes mains. Enfant, je savais. Je parle à ma mère. Le mur bruni, les armes sur la table, les voix des autres, présents, disparus. Je vois le froid me gruger. Mais ce vent, mais ce vent, le plus fort et le plus fou des vents, après d'autres attentes, il vient, s'engouffre, souffle rageur, ce vent du temps qui me revient, ma mère. Il y a en moi du feu venu de l'enfance. Il brûle le paysage. Le feu roule autour des voix, ma mère. Où aller dans ce centre blanchi de glace? «Et Jean-Baptiste mon fils, chère cousine, ici dans la colonie, mon fils Jean-Baptiste, mon fils...» écrit ma mère, qui parle du froid, de la colonie, de la neige, de moi et du temps. Je le sens en moi dans le bruissement des os. Je le connais, ce vent du temps. Il est partout dans ma pièce, la chaise renversée et la neige en flopée. Une voix du vent que je sens se dresser. La neige partout, encore le vent. Enfant, j'écoute le vent, ce vent du froid.

L'hiver en dedans, autour. Ici, je suis dans ma pièce de bois rond. Depuis le début des bourrasques, les heures persistent et déferlent, liées au vent glacial, acharné et violent. Puis rien, silence, rien, l'horizon avant et toujours. Ma tête qui tourne, ma mère, l'enfance, le froid intense, le recueillement du soir. Ma mère, blanche en robe grise, dont la voix gèle les yeux. Collés, les yeux gris de ma mère, dans le blanc. Ô mon Dieu, ma mère, ma mère, l'hiver. Encore pour des jours, à ne pas savoir la fin, dans la glace immobile, le verglas, les sifflements. Chaos du vent centré sur tout et moi résistant au vent du temps de glace, du gel et des heures. Ma mère, ô ma mère, je succombe au cœur de ce chaos, sans peur, sans cri. Que le vent m'accompagne, ma mère, dans la neige d'avant. Je reviens en elle, blanche et froide, mordre le gel annihilé au vent froid des hurlements poussés si hauts, du pont d'un bateau. Je ne distingue pas la mer. Elle m'est inconnue hors de ta lettre, ma mère, qui parle d'un quai saturé d'amoncellements blancs.

Ma vie traverse la glace. Au-dessus de moi, ma tête s'élève, s'élève, poussée dans un vertige de grésil luisant. Ma mère, tiens-moi la main, c'est le vent, il faut rentrer, revenir, se cramponner à des murs de glace. J'avance. Je tombe. Le vent en rafales si fortes. Ma mère, ma tête, je m'élève, je tourne sur moi-même devant toi, ma mère, qui parles dans le vent en furie, bouche ouverte de fumée. De quelle horreur? Je gèle. Du vent autour de nous, la fenêtre, le bois plus loin, peut-être, je ne sais plus, la maison ou le bois. Ma mère parle du froid, peut-être, elle parle sans que sa voix me parvienne. Tout craque. Avant les crépitements, la forêt blanche apaisée, je crois, je me souviens, avant. J'ai mal. Je ne vois plus la table. Je suis ailleurs ma mère, dans le vent, sur les toits balayés de vent froid, tout ailleurs en moi, dans le blanc, ici, ma mère, dans le froid. L'hiver entoure les arbres, une maison plus haute résiste, aussi le fort, ma mère.

Tu sais ce qui m'attend. Le vertige derrière mes yeux, les glaçons pendus autour des carreaux depuis des jours, des mois, plus peut-être, je ne sais pas. Alors je fixe le blanc qui m'engouffre. Je te vois, ma mère, dans la porte, ici, non, je ne sais pas. Le vent te parle comme tu me parles. On est au-dessus de ces tourbillons où je suis depuis toujours, puisque la neige m'y déporte. Il glace. Il pleut des glaces, un vent de neige, ma mère, le vent du silence, d'un sifflement brouillant tout, le vertige, la peur, non, le silence, non, le cri d'une voix retenue par les glaces, bateau noir de froid. Des yeux gèlent dans l'ombre. Ma mère en parle parfois. Je suis un peu plus loin, en arrière, avant, la neige, la forêt, les secousses du vent autour de la cabane, ma maison, un regard dans la neige d'hiver qui dure,

dure et revient. Le froid, son effet, mes doigts raidis, ma main de neige, ma mère ne cesse de tourner, dehors dans le ciel blanc. L'hiver en moi, ailleurs, ici, la table renversée, non, la chaise, le vent par les carreaux. Bousculé hors du temps par une nuit d'hiver.

Je marche, enfant, dans des jupes grises. Ma mère presse le pas. Le froid l'y oblige. Oui, je sais, tu connais ma fin, mère des neiges éternelles. Je suis devant, dans la neige comme ma mère, nos corps séparés par la glace, doigts secs, yeux collés. Je suis assis dans ma cabane, je crois, à côté du froid. Regarde, il avance, là sur mes mains, mes yeux sont lourds de grésillement. Devant la route se tient le fort, sa porte est béante au creux du vent, ma maison, ma mère, depuis toujours, ce fort de bois gelé, ma mère, tu le sais, tu ne l'as pas connu mais tu n'ignores rien de cela, ma mère, ô mère du gel et des âges. Il vente. Le rêve me force à sortir de moi. Je me retourne, ma mère, secouant mes mains autour de la rafale. Je pousse des cris niant les tiens. Ta voix s'estompe; calme, tu es, ma mère, calme devant la neige étrange. Je ne bouge pas, assis devant la neige, ma tête autour de moi, je dérive, ma mère, vois que je dérive, dans la neige devant moi, ma tête répandue à tout vent.

Je marche dans la voix. Le vent se soulève, me traîne, charrie la voix, ma mère, les ornements de la maison emportés en spirale vers la rue, le bois, je ne sais plus. Cette voix multiple, unique, venue d'autres hivers. Mes mains gèlent. Je peux le deviner ou je l'imagine. Faire l'effort, me frotter les mains, y penser, faire le geste. Le gel, mes mains dans le froid d'autres hivers, avant, enfant. Non, encore chauds. Je soupire. Mes mains encore vivent. Je sens leurs jointures s'étreindre. Ma mère dans le gel a survécu comme mes mains, mais je suis hors d'elles. Dans le froid, je m'observe, peut-être, je ne sais pas, ma tête, les yeux du gel sur moi. La glace entoure la chaise renversée sur le parquet de bois d'avant, d'ici. Le fort bouge, devient maison. Ma mère dans l'entrée, debout, haute, blanchie de neige et de lourds glaçons. Je suis proche d'elle. Je la vois plus grande, puis plus éloignée. Le vent parle d'elle, je sais. Elle sait que j'entends sans comprendre. Je veux lui dire. La voix du vent nous éloigne l'un de l'autre. La neige déchaînée poudre la chaise, le sol, la porte toute grande ouverte.

Enfant, je marche, ma mère me précède. Le ciel blanc de la forêt, l'attente dans les courbes blanches. La table sur laquelle mes mains s'appuient dissipe le doute. J'existe. Il fait un froid que je ne peux ressentir, mais j'existe. Pourquoi ce blanc insistant? Je me dirige vers la rue, la forêt, en ville loin du fort, autour, la porte s'allonge, forme blanche aux reflets translucides. Ma mère couchée dans l'autre pièce. Je l'appelle. Rien, le silence froid du vide. Je ne parle plus, je ne peux parler, ni me lever, ni lui signifier quoi que ce soit. Je suis dans la neige, tombé du blanc, peut-être. Je suis assis au centre de la pièce brune envahie de glace, je crois, je ne sais plus, je ne sais pas. La neige me porte ailleurs, sa force m'intègre en elle. Soudain, je suis dans la neige. Avec agilité, je marche, confondu avec l'hiver si long.

Elles partent par bateau les lettres, «Chère cousine, je vous dirai qu'ici dans la colonie…» Je sais cela depuis toujours. Ma mère écrit, parle dans la neige blanche. Un papier plié apporte des nouvelles là-bas. Je ne sais pas le bateau, la mer, la France de ma mère. Elle leur parle de gel avec des mots penchés sur le blanc du papier. Gris les mots de ma mère, mouillés de mer sur le bateau vers là-bas, ou ici peut-être. Le mouvement s'inverse, je ne sais trop si ces bateaux partent ou arrivent: la France, la colonie, la Nouvelle-France, l'hiver, les champs de glace, les mots de ma mère. «Mon fils Jean-Baptiste, ici dans la colonie…» Ma mère s'applique à écrire. Elle est sur le bateau, ou ici, ou là-bas. Retour en elle de la neige. Sur le banc de neige, ses mots frissonnants. Elle me parle: «Cher cousine, ici...» Je ne sais plus les autres mots. Ailleurs ils volent. Ma mère les regarde du pont, elle jette ses mots par-dessus la rampe de neige. Je vois ou non, je ne sais trop, c'est embrouillé, impossible, ma tête, mon cou, je ne les sens plus. Mes mains seules peuvent encore bouger dans le froid, posées sur la table, enflées, je crois, je ne sais plus. Ma mère me touche les mains. C'est froid, elle le dit. Je suis petit, je crois. Sa voix en tourbillon, ailleurs, avant, mon Dieu, la neige en moi, à côté, sur la pente du parquet, la chaise blanche maintenant, je ne vois plus de trace, que le blanc, le froid, blanc jusqu'à l'impensable. Je le sens, j'existe, éperdu de glace. Ma mère flotte haute et blanche, neige des cieux, ma sainte mère, elle vole, je sens ses jambes légères, l'étoffe grise est chaude, je crois, j'espère. Elle me voit de haut. Je me dis cela. Il y a ma main sur le cahier. Je peux à peine le distinguer. Il fait blanc dans la pièce. Je glace. Le vent d'un autre hiver lié à d'autres hivers. Dans la voix venteuse de la neige, je marche, ma mère.

Je vois dans la neige l'endurance des autres hivers à la chaîne, semblables, réunis dans cette voix froide. Je suis devant toi, ma mère, mon témoin. L'hiver murmure le roulement de timbres de voix multipliées, dispersées comme des taches rouges sur la neige. Des voix étrangères, non, peut-être le bruit de vents égarés venus de la forêt. Écoutez tous. Ils reviennent. Nous résisterons après l'hiver, après les glaces, les trous de vent, les emportements. Écoutez leurs voix. Je suis debout je crois, oui, près du mur de la tour. Je vois l'hiver. J'entends. Écoutez soldats, là dans la neige, à l'horizon rouge, des pas, des bruits, le vent harcèle les figures, carreaux paisibles propulsés en éclats. Ma mère, ils viennent. Un silence sous le vent, l'heure râle, tout se joue. Je sais, je ne sais plus, ma mère. Tu écoutes, ils

viennent, rouges de neige et de voix. Depuis quand?
Dans l'hiver, attendre le sort, attendre les armes, les
voix ordonnant. Écoutez. L'attente, ses bruits. Des tumultes, des pas montent de la forêt, des arbres, du fort.
Écoutez. La neige tombe sur des corps étrangers,
morts, non, je crois, ici, dans la neige. Je vous disais
qu'ils reviendraient. Nous résisterons, ma mère. L'hiver est blanc et rouge. Je sais, tu flottes sur le champ de
bataille, spectre blanc dans la neige blanche. Des
points rouges durcissent le paysage. Tu vas au-dessus
du marasme. Les voix du vent s'imprègnent de la peur.
Écoutez. Les morts givrés, la neige partout d'un coup,
encore rebelle, partout la neige sur les corps, les voix,
dans le vent, serrées autour de la porte. Je vois, ils viennent. Je ne sais pas. Il y a des voix dans le vent.

«Messieurs, baissez ce pavillon, messieurs.» Des
étirements de voix aux accents inconnus. Ils viennent,
«messieurs», rouges de neige, noirs de rage, tu vois,
ma mère, ils viennent. Notre attente est là pour durer.
La neige enrobe tout cela. Je sais que j'oublie et j'entends, ma mère, dans les voix de neige que nous se-
rons là après l'hiver, ma mère, toujours, et l'autre hiver et l'autre encore, ma mère, nous défendrons la
neige du vent, des voix armées. Une longue plainte et
des voix traversent le champ, la forêt, entourent le
fort, je sais, je ne sais plus, j'existe dans ce froid cerné
de voix rouges. Tu écoutes, ma mère. Écoutez vous
aussi: nous résisterons dans l'hiver, par lui, en plus de
lier les hivers, nous les aborderons de front. Les voix
du vent, ma mère, sont là. Les voix, leurs visages en appels de silence. Je vois le froid, ma tête à côté. Je suis
debout près de cette tour noircie de fumée. Écoutez
tous, écoutez-nous. Je ne sais plus, le vent, le froid
d'un autre hiver d'avant, à venir. Ma tête, ma mère,
tourbillonnante de gel et de rouge. Préparons-nous.

Je ne sens plus les gerçures aux yeux, aux mains.
Leurs voix, seulement leurs voix autres dans la neige.

Corps de feu, rigides, je ne sais plus, cela se passe un hiver, ma mère. Je l'ai en tête cet hiver et toi, tu sais, tu savais, la glace, les voix. Tout saigne. Nous sommes des coups de feu. Écoutez. Ils avancent. C'est l'hiver dur, pur, il est là. Ma tête, ma mère, de gel et de froidure craque. Écoutez. Ça se brise, se disperse: le champ, la forêt au-delà des voix. Ils viennent. Nous résisterons, ma mère, tu le sais. La neige se hisse entre les corps, les souffles refroidis des hommes inertes sur le sol blanc. L'hiver, l'hiver, celui de toujours, mène son combat. Les murs bruissent de froid.

Écoutez le froid de l'hiver, là, au centre de tout, écoutez. Nous savons. Il domine et fige. Je regarde le froid, les habits rouges, à l'horizon, tendus. Le vent solitaire ignore les silhouettes. Il rafle tout. L'hiver en nous se tresse. Debout, écoutez, nous sommes debout au devant du vent dans l'hiver revenu. Les voix giclent, d'hiver en hiver, vers un autre plus blanc, plus froid, taché d'infinies gouttes rouges. Si blanc cet hiver autour du fort, je crois, écoute, c'est la maison, ma mère, tu l'entends se plaindre tordue sous les rafales, tu l'entends, c'est le fort, je crois, je ne sais plus. Ils viennent. Nous sommes seuls dans la poudrerie, tu sais cela, ma mère, tu nous protèges. Des bateaux viendront, des lettres d'ici, partiront, arriveront, «Dans la colonie, chère cousine, mon fils Jean-Baptiste, les gens travaillent dur...» Tu vois la neige, ma mère, tu parles de la blessure de l'hiver, des bateaux, du port immobilisé, du fleuve fumant de neige au ciel blanc. La maison, le fort tanguent, ma mère. De la missive «Chère cousine, ici la neige, la froidure excessive...» les mains s'envolent, tiennent un drapeau, du papier, tu les vois, ma mère, ces mains gelées.

Écoutez ma mère: elle lit une lettre à la neige, aux soldats. Le fort est debout. Je suis, j'existe. Écoutez. Le déluge des glaces s'écoule du fort rouge des soldats. Ils viennent. Écoutez sans fin, sans temps. Dans l'hiver, nous attendons. Écoutez. Levez les yeux, les voix du vent nous prennent. Allons, levez les armes, les corps, les voix miment l'hiver. Ma mère, ils se défendront, ils te défendront. Viens, ma mère, derrière les palissades de neige et de temps, vois là-bas un bateau vers la France. Il vient, il va, je ne sais plus, et toi, ma mère, écoute la voix de la mer, elle porte des vivres et des lettres de France, sur la neige, la perte des hommes, les marchandises et les armes manquantes, la détresse et tout le froid immense tissé de blanc austère voguant vers là-bas.

Écoutez. Nous résistons, nous résisterons. Ma mère, tu le sais, tu le savais. Tu flottes. Écoute neiger sur le silence. Des pas rouges viennent. Je respire mal. Allons, écoute les cercles de glace, les soldats, les armes du vent hivernal, défendre, attendre. Dans ma tête d'avant, la neige. Tout devient blanc, s'arrête brusquement, statique, pétrifié, durci sous la lame des voix. Ma mère, je te vois debout, ailleurs, sur un quai. Les autres, les hommes du fort, ma mère, en silence, amis égaux, se concentrent, regardent la neige, le froid, les silhouettes, ma mère, partout. Ils viendront, ma mère. Nous seuls et unis. La plaine égale blanchit les sillons des sentiers nivelés par toutes ces avalanches. Des cibles de feu s'agitent encore. Autour, des hommes tombent comme la neige, ma mère, silencieux. Tu vois, tu savais cela. Des hommes venus en bateau, avant. Ils tombent dans le froid où ils attendaient. Écoute, leurs corps ne font pas de bruit. Les mousquets, les voix, le vent, cela fait du bruit. Les corps en chute, non. Ils attendent, unis au silence blanc de cet hiver. La plaine et la forêt reposent près du fort, agressées d'engelures.

Je ne ressens plus rien, ni froid ni peur. Je suis à la maison, au centre du fort comme au ventre de l'hiver. Je suis assis, la table est couverte du cahier. De la neige s'accumule. La fenêtre est ouverte. Le vent roule autour de moi, ce vent encore, celui du combat, de la résistance. La maison, plus loin, ma mère, plus loin dans la neige semée dans ma tête. Je veux te dire, ma mère, il y a le froid partout enfoui au-dedans des racines, partout au fond de moi, un gel blanc, tenace, irréversible, ma mère, une tension certaine. Je ne sais plus, ou peu, je ne vois que ce blanc, mais aussi une certitude. Ma mère, tu sais peut-être, je sais que tu comprends, ma mère. Je ne vois que cela, dans le froid cru du blanc, des branches gelées se détachent des arbres, mais le silence demeure un feu sous la glace.

Écoutez. Nous allons vers la neige en nous. Nous savons l'arbre, la sève du printemps. Nous ne parlons pas. Écoutez le combat, les coups de canon, les corps rougis, geignants. Je ne sais plus, cela est devant moi, ma tête dans la neige près du drapeau. Ma mère, tu vois cela. Écoutez les harangues du vent arracher des aveux. Ils viendront. Le froid en moi le sait. Ils viendront comme la mort, mais nous résisterons. Les arbres écoutent. Une vorace tempête se forme qui aspire tout: les glaces, les visages, les bâtiments. Écoutez: les plaintes lancinantes, le craquement des mains difformes séchées sur la porte, la glace écroulée, les spectres sous les voix, le froid cassant le silence du regard. Écoutez, ils viennent en toute force contre la neige. L'hiver est en nous. Je ne peux que résister, ma mère, dans le tournoiement du froid, des mains brisées de glace, les nerfs bleus.

Des corps dans la neige. Ils viennent droit vers le fort, le drapeau. Les repousser. Les armes fument. Dire: nous les repousserons. Je leur dis. Il faut rebrousser chemin dans la neige, ici le fort est français. Je parle plus haut. La neige s'emporte, vertige glacial. Des voix tombent, ma mère, tu sais ces voix n'écoutent pas. Un pouvoir sombre opère. Nous résistons dans la voix de la neige, au cœur de la neige. Je parle au nom des hommes du fort. Je tombe dans la voix de ma mère, vers la maison de bois, dans le blanc du drapeau blanc. Le fer des mousquets frappe de si loin en moi. Je suis glacé de rage, de mots fiers, de morsures. Les rêves gèlent sur la plaine devant le silence régnant du vent apaisé. Non, il reprend ses élans encore, autour, partout, en nous, ma mère.

Nous sommes debout, des blocs. Mes yeux, mes oreilles, je gèle. Mes doigts, je ne les sens plus, posés dans la neige. Ma table déborde de blanc. Je ne bouge plus. Je suis dans la neige à nouveau, entouré. Chaleur des mots difficiles à cerner. La plaine rougie de part et d'autre. Nous résistons, ma mère, à la montée du froid cruel. Sache-le, ma mère, je résiste malgré des trous dans ma tête, les autres, le silence blanc. Je tombe en eux. Ils tiennent par le froid. Nous résistons, ma mère, dans le serment. «Chère cousine, ici dans la colonie…» Sans regrets, je suis debout avec mes hommes. On vient de la plaine, de la forêt. Nous sommes l'hiver, les encerclés, nous sommes debout, ma mère. Vois, toi, de plus haut, sache que la neige nous protège, que le froid nous tue. Une blancheur spectrale happe tout. Le vent renverse la chaise, fouette la porte, harcèle mes yeux à demi fermés par le givre. Sur les remparts, le drapeau seul guette l'hiver. Ils viennent, ils viendront, je le sais, je crois le savoir. Nous résistons, ma mère, ici autour, à même les remparts de glace. Je vois toute la glace des autres hivers, d'avant, la neige aussi, les luttes et les attentes. Enfant peut-être, la guerre en moi commence, dépérit, ma mère: roulements du canon, sièges, corps calcinés, dépouilles froides, peurs, larmes, serrements de poings. Ils meurent dans la plaine, nous sur les remparts, ma mère.

La glace du ciel tombe sur nous pour faire de l'hiver une éternité. Des flocons dans les cils des hommes, une main crispée pointe un arbre. Debout encore dans le carnage, avec courage nous résistons, ma mère. Le fiel des mousquets, les contorsions du vent en nous, ma mère, vivant ce remous. «Chère cousine...» enfant sur le quai, proche du fleuve, plus tard regardant le ciel des remparts d'un fort, je parle, j'entends. Ma mère, écoute les voix du courage à venir. Seuls, nous sommes seuls dans l'hiver. Ma tête, le froid non ressenti, les balles sautent. Le feu fêle le vent, ma mère. Vois la maison au bout des palissades enchevêtrées de glace. Le ciel grince. Entre, ô mon Dieu. Tout tourne. Ils viendront. Nous résisterons, ma mère. La neige connaît notre serment. Avec nous, en nous, comme une auréole boréale issue du vent. De la plaine, des remparts du fort, de la maison, du quai, je vois, ma mère, les autres au cœur de l'hiver. Ils tombent. Un bateau, des lettres partent, arrivent, des denrées de là-bas, le fleuve blanc et bleu. Ils se relèvent enneigés, blancs, debout, ensemble. Ils se tiennent entre le vent, la glace et le silence. Assis sur ma chaise tressée de nerfs, je vois la porte battant sur le délire blanc de l'hiver. Je sais, ma mère, l'hiver ne finira jamais.

CHAPITRE VIII

La fin

Cadot marque le passage de chaque hiver par une entaille faite au couteau sur la hampe portant le drapeau. Vingt hivers sont passés dans le froid cruel et la crainte obsédante d'un retour. Vingt hivers de désolation et d'attente; seul, entretenant la neige et les tempêtes de ses rêves nourris d'endurance, Cadot a tenu bon. L'hiver vorace ne lui a pas fait rebrousser chemin, revenir à travers les forêts, vers Québec, par un jour d'été vert et chaud remonté du fleuve de son enfance. Non, Cadot est demeuré enraciné au fort Sauvage.

Les fusils sont rouillés. Cadot n'a plus de poudre à y enfourner avec précaution depuis déjà plusieurs hivers. Mais il guette toujours, l'œil bien ouvert, la venue des soldats anglais qui trouveraient là une résistance altière. Pour défendre le drapeau français, Cadot est encore prêt à aller jusqu'au bout.

Les Anglais ne sont jamais revenus. Les manœuvres du général Washington et les luttes d'indépendance secouant le territoire américain les préoccupent bien autrement que ce poste perdu qui, dérisoirement, s'oppose à la reddition de la Nouvelle-France qui a eu lieu depuis déjà de nombreuses années. Qu'une poignée d'hommes refusent encore la défaite n'est pas pour inquiéter outre mesure les vainqueurs. D'ailleurs, ils ont beaucoup à faire pour défendre et organiser le nouveau pays.

Cadot, solitaire, reste fidèle à ce qu'il a juré. Il pense à ses hommes, à son pays la Nouvelle-France, au roi de France, à son enfance à Québec et à ce drapeau fleurdelisé qui flotte au-dessus de ses rêveries depuis tant et tant de saisons. Il ne sait plus séparer les époques. La mémoire lui revient en bourrasques où les visages s'entrecroisent dans des rafales blanches.

À chaque bruissement étrange, à chaque tache bougeant à l'horizon, Cadot imagine un nouvel assaut, le retour des troupes anglaises. Pendant toutes ces années, il a surveillé la plaine et la forêt. Il est là sur les remparts près du drapeau. Il fixe le paysage, le regard tendu vers tout ce qui s'y profile. Dans cette contemplation extrême, il semble aussi libre et fier que ce drapeau qu'il chérit, pour lequel il va, il le sait, comme ses hommes morts depuis longtemps, faire le sacrifice de sa vie.

«Qu'ils viennent et ils verront bien! se redit Cadot. Qu'ils reviennent tenter de faire fléchir la volonté que j'ai de ne pas trahir mon serment et les miens! La neige et la forêt, les alentours, tout sait, ici, que fort Sauvage est français!»

Cadot pendant toutes ces années passées dans la solitude du fort s'est lié d'une amitié silencieuse avec les Indiens nomades qui sillonnent la région des Grands Lacs, en quête de gibier et de poisson. Secrètement, ceux-ci ont adopté Jean-Baptiste et, au passage, lui laissent des vivres ou le saluent de loin. À la porte du fort, toujours fermée, Cadot trouve souvent déposée de la nourriture qui lui permet de survivre l'hiver.

Pas de signes ni de paroles, des regards, parfois, que Cadot croise du haut de la palissade où il se tient et dont il n'est plus conscient de l'effritement sous le travail du temps. Les chasseurs indiens le perçoivent comme s'il était déjà un esprit. Dans le silence ou le vent qui encerclent la retraite de Cadot, rien d'autre que des regards relient les choses et les hommes. Certains jours, des femmes et des enfants s'approchent du fort Sauvage et disposent devant la porte close du poisson fumé, de la viande et du maïs. Le bruit léger des voix d'enfants tire alors Cadot de la torpeur rêveuse dans laquelle il est profondément absorbé, comme dans une absence méditative le dispersant sur tout le territoire. Pendant de longs moments d'inertie, Cadot est le fort et la plaine, l'horizon invariable, le drapeau blanc et or, l'hiver et le vent. Il s'immisce, confondu corps et âme dans tous ces éléments, et vit par eux, en eux. Les jeunes enfants indiens lui sourient. Ils ont apprivoisé sa barbe, sa chevelure blanche, son air de ne plus être ni français ni soldat, mais un être sauvagement doux, presque irréel.

Ces vingt hivers, Cadot les a traversés entre sommeil et guet, pensant au passé, à l'enfance et aux années vécues à Québec. Pour lui, ces hivers sont devenus un seul et immense paysage dans lequel son esprit chasse les silhouettes à la recherche d'un rêve lui donnant l'énergie de combattre et de survivre.

Hivers et étés alternent. Jean-Baptiste ne sait plus que ce rythme des saisons dont le cycle le guide dans ses gestes quotidiens. Devenu commandant des chimères et des spectres, l'hiver il vit replié dans son logis, et quand la belle saison revient, il erre autour du fort. Il peuple sa solitude d'histoires émergeant de sa vie d'autrefois. Les voix du vent, de sa mère, des compagnons disparus se mêlent en lui et l'aident à traverser les tempêtes, les giboulées, l'abattement des soirs humides et lourds de juillet. Il cherche la vie en lui-même, à l'écoute des rêves et des émotions qui l'habitent depuis toujours. Inaltérable, ce rythme des saisons lui donne le courage singulier de durer. Il

demeure des heures et des heures à contempler l'horizon qui passe du blanc au vert, du frimas à la brûlure.
Il est enfant, vieillard, sans âge. Il est le chant des
grillons près du fleuve, dans les conversations sur le
quai, les voix dans la garnison, dans son enfance. Il est
le vent qu'il entendait la nuit quand il ne dormait pas
et que sa mère, inquiète, lui touchait le front. Il sait la
patience, la trace du gibier sur la neige fraîche, la
plainte blessée du loup, les oiseaux dans le ciel comme
de vastes triangles gris. Il sait que se souvenir, c'est
encore exister.

Un jour il est affairé dans la cour du fort à ranger
des débris tombés de la palissade. Un autre jour ou
une autre saison, il est debout, planté face au blanc de
l'hiver, on dirait un canon fumant à travers sa longue
chevelure grise. Un hiver, il ne mangera pas pendant
des jours. La fièvre le guette. Il survivra. Un été, la chaleur l'accable tellement que des hallucinations l'assaillent et lui font tenir des discours dans lesquels il
s'adresse à ses hommes et à sa mère. Il revoit l'incendie de la maison des Boucher. Le désarroi muet de
Michel, son seul ami peut-être. Il revoit les soldats
anglais, les cadavres, les corps des blessés étendus sur
des grabats.

Le temps fait écho à ses angoisses. Il survivra
encore. Et des jours et des ans, seul, avec le regard
perçant de ceux qui croient en quelque chose. Jean-
Baptiste Cadot n'est plus que l'ombre de ce qu'il était,
mais cette ombre s'étire et se déploie autour des remparts, près des baraquements, jusqu'à l'orée du bois
d'où l'hiver reviendra, tenace lui aussi, autre spectre,
autre rêve blanc aux espoirs virevoltants. Le temps
passe. Cadot n'en a cure. Il est de ceux qui tiennent le
coup dans l'adversité. Il sait qu'il faut être fidèle aux
rêves de l'enfance.

Puis une année, un des premiers jours du printemps, alors que la neige est lourde et crémeuse, af-

faissée par les rayons plus doux d'une lumière qui va bientôt faire basculer pour un moment l'hiver du côté du rêve, trois Indiens, qui connaissent bien le fort Sauvage et son commandant solitaire, sont attirés par le fait que le drapeau français, que les tempêtes et l'usure ont passablement abîmé mais qui est devenu pour eux un point de repère familier de leur déplacements dans la région, ne flotte plus sur la hampe au-dessus de la tour de bois où, depuis si longtemps, il pointait vers le ciel ses lambeaux aux dorures échiffées.

La porte du fort est entrouverte. Tout est calme. Pas de vent, pas d'agitation. Le fort repose dans un abandon que le silence entoure d'une précaution méticuleuse. Les trois Indiens, intrigués par cette scène inhabituelle, s'avancent sans bruit. Vers cette date, Cadot est normalement visible quelque part sur les vieux remparts d'où il fixe le paysage se métamorphosant rapidement après le départ de l'hiver qui l'avait engourdi. Les Indiens poussent la lourde porte tressée de pieux pourris qui pourrait s'écrouler tellement elle est appesantie par le travail du dégel. Un crissement lugubre s'échappe des troncs noirs veinés de glace. De profondes fissures engendrées par un mauvais entretien, depuis déjà des années, lézardent la construction d'origine. C'est comme si le fort et son univers pouvaient s'effondrer là, dans ce petit matin de printemps.

Fort Sauvage n'est plus qu'une épave lourde, hantée par les bruits d'une bataille qui n'est jamais revenue mais qui n'a jamais tout à fait quitté les lieux. Au milieu des traces de combats anciens, ayant en mémoire des tumultes et des assauts, les pieux de la porte et des palissades ont gardé des airs sombres de sentinelles solitaires.

Les Indiens n'ont jamais pénétré à l'intérieur de l'enceinte du fort défendu par Cadot. Inquiets, ils observent le délabrement de l'endroit. Un instinct les dirige vers la pièce où Cadot depuis toujours se retire pour penser ou dormir quand l'épuisement l'arrache au rêve éveillé dans lequel, entouré de ses soldats, il renouvelle le serment de défendre le drapeau contre toute agression.

Quand les Indiens poussent la porte du logis, tout le bâtiment craque sous la pression. Quelques rayons de soleil s'infiltrent au même instant dans le réduit d'où s'échappe une odeur de malheur.

Cadot est étendu sur le sol, enroulé dans le drapeau. Ses cheveux blancs et gris, étalés comme une neige dans la broussaille, lui donnent l'air de reposer dans un rêve.

Plus tard, les trois Indiens reviennent avec d'autres qui, de loin, avec le temps, ont fini par respecter Cadot. Se rappelant comment les Blancs enterrent leurs morts, ils portent Cadot en terre. Avec des outils rouillés trouvés dans le fort, ils creusent un trou près de la tour de bois, sous la palissade. L'un d'eux a l'idée de hisser le drapeau au-dessus de la tour pour qu'il flotte à nouveau dans la solitude du fort, dominant, du haut des constructions de bois, la petite plaine qui mène à la forêt.

Cette nuit-là, une des premières du printemps de 1784, il neigea.

Table

Cet ouvrage composé
en New Baskerville 12 sur 14
a été achevé d'imprimer
le vingt-cinq août mil neuf cent quatre-vingt-quatorze
sur les presses de l'Imprimerie Gagné
à Louiseville
pour le compte des
Éditions de l'Hexagone.

Imprimé au Québec